Un été avec Victor Hugo

by Laura EL MAKKI & Guillaume GALLIENNE

빅토르 위고와 함께하는 여름

Un été avec Victor Hugo

로라 엘 마키,
기욤 갈리엔
백선희 옮김

muʃintree
뮤진트리

차례

2016년 1월 23일 런던의 나이트브리지 구역 어느 벽면에 코제트의 얼굴이 등장했다. 바람에 흩날리는 머리카락, 뺨을 타고 흘러내리는 눈물, 얼굴 뒤로는 반쯤 찢긴 삼색기가 펄럭였다. 프랑스 대사관을 마주하고 세워진 이 스텐실 그래피티는 에밀앙투안 바야르의 판화 작품을 본떠 거리 예술가 뱅크시가 만든 것으로, 1000여 명에 달하는 칼레 난민 축출 사건을 고발하는 작품이다. 전쟁을 피해 바다를 건너온 사람들이 잃어버린 자유를 찾고 있었다. 런던이 그들의 엘도라도였다. 가슴 찡한 우연의 일치다. 영국은 1851년 정치적 망명을 떠날 수밖에 없었던 빅토르 위고에게 피난처가 되어주었다. 폭력에 방치된 꼬마 여자아이의 이야기 대부분이 바로 이곳에서 집필되었다. 그 아이와 또 다른 '미제라블[1]들 사이에 150년의 세월이 놓였다. 이 작가라면 틀림없이 소설 속에 이들의 자리를 마련해주었을 것이다.

위고는 담대하게 사는 사람들을 좋아했다. 운명의 장애물을 만나면 맞서 싸우려는 욕망에 불타는 '무모한 이들, (그리하여) 역사를 빛내는' 사람들에 감탄했다. 정치의식이 그를 가장 가난한 사람들을 가까이하도록, 억압당하는 사람들을 옹호하도록 이끌었다. 이런 영웅적인 인간애로 그는 인물들을 벼려냈다. 영혼의 힘이 포기를 모르도록 부추기는 인물들. 장 발장, 코제트, 카지모도, 뤼 블라스, 그 밖에 다른 여러 인물을. 이 이름들이 우리의 의식에 닻을 내리고 그들의 삶이 놀랍도록 실재처럼 보이는 건 그들이 희망으로 살아 움직이는 인물들이기 때문이다. "시도해라, 맞서라, 버텨라, 인내해라, 자신에 충실해라, 운명과 맞붙어라, 재앙 앞에서 의연함으로 재앙을 놀라게 해라, 때로는 부당한 힘에 과감히 맞서고 때로는 취기 어린 승리를 모욕

---

1 misérable, 프랑스어로 '가난한 사람들' '비참한 사람들'이라는 뜻.

해라, 견뎌라, 고개를 **빳빳이** 들어라." 이것이 위고식 인간의 존재 이유이고 작가의 존재 이유이다.

그의 관심을 끄는 건 진리보다는 위대함이다. 이런 야심을 품고 처음 호기롭게 덤벼드는 사람은 기진맥진하기 마련이다. 빅토르 위고는 자기 생각을 받들고 지켜냈으며, 자기 삶을 한 편의 파란만장한 소설로 만들었다. 때로는 욕망이 운명보다 강해 그는 번쩍이는 영광을 경험했고, 원대한 투쟁을 이끌었으며, 열정적 사랑도 누렸다. 그러나 이런 성공도 그에게 닥친 운명의 타격을, 내밀한 슬픔을 막아주지는 못했다. 그의 작품은 그를 닮아서, 그의 행동과 말, 열정과 현기증을 비추는 거울이다.

위고를 읽는 건 하나의 약속이다. 프랑스 역사에서 가장 요동친 세기 중 하나를 가로지르는 약속이고, 숭고함을 스치고 무한을 경험하게 해주는 약속이다. 우연이 구해낸 고아들을 만나게 해주는 약속이고, 절름발이들이 사랑을 만나는 걸 보게 해주는 약속이다. 그리고 정치적 용기의 의미를 깨닫게 해주는 약속이다. 위고를 읽는 것은 문학 속으로 들어서는 일이다.《빅토르 위고와 함께하는 여름》은 그 고결한 길을 겸허히 열어 독자들이 두려움 없이 이 인간 속으로, 그의 태양 같은 작품 속으로 빠져들기를 염원한다. 그는 참으로 위대함을 갈망했다. 그리고 오늘날 그 위대함을 완벽히 구현하고 있다.

▪ 일러두기

‒ 이 책은 Laura EL MAKKI & Gauillaume GALLIENNE의 《Un été avec Victor Hugo》(Equateurs, 2016)를 우리말로 옮긴 것이다.
‒ 본문에 나오는 도서·영화의 제목은 원제목을 번역 표기하는 것을 원칙으로 하되, 국내에 번역 출간 및 소개된 작품은 그 제목을 따랐다.
‒ 본문 하단의 주註 가운데 '‒원주'로 표기된 것을 제외한 나머지는 모두 옮긴이의 것이다.

01

숭고한 아이

매우 어릴 적부터 빅토르 위고는 위대한 인물을 꿈꾸었다. 그는 초등학교 시절 공책에 이렇게 썼다고 한다. "나는 샤토브리앙이 아니면 아무것도 되지 않을 거야." 이 문장이 기록된 공책은 발견되지 않았지만 우리는 이 이야기를 믿고 싶어진다. 이 문장은 작가가 스스로 조각한 전설을 연장하고 있다. 넓은 이마에 흰 수염을 기른 시인의 전설, 《빛과 그림자Les Rayons et les ombres》에서 "더 나은 날들을 준비하"고 "유토피아를 꿈꾸는 인간"의 전설을.

열다섯 살에 쓴 시 〈영광의 욕구Le Désir de la Gloire〉에서 그는 벌써 인정과 빛을 꿈꾼다.

오 영광이여, 오 강력한 신神이여,

그대를 노래하는 자에게

미래의 한 자리를 허락하라

영광이여, 나 그대를 갈망하니

아! 그대의 위대한 이름이 내게 영감을 불어넣게 하라

그러면 내 시가 그대를 포착할 수 있으리니.

그의 머릿속에서는 이미 태풍이 몰아치고 있다.

그는 파리의 루이 르그랑 고등학교 학생으로 열심히 공부하지만, 그의 눈에 중요한 건 오직 하나, 문학뿐이다. 그래서 그는 글을 쓰기 시작한다. 1817년에는 아카데미 프랑세즈에서 개최한 시 경연대회에 참가해 상을 받고 신문에도 실린다. 그러나 벌써 극작품을 쓸 생각을 하고 있던 청소년은 그 정도로 성에 차지 않는다. 그가 청소년기에 쓴 작품 중에는 《이르타멘Irtamène》이라는 5막짜리 운문 비극이 있다. 그 뒤로 희극 한 편과 오페라 희극 한 편, 친구들의 기를 꺾으려고 보름 만에 쓴 첫 소설 《뷕자르갈Bug-Jargal》의 초안도 완성했다. 신인 작가는 이제 야망을 감추지 않는다.

제국의 장군이었던 그의 아버지는 아들이 파리이공

과대학에 가기를 바랐다. 결국 그는 법학을 택한다—하지만 금세 포기해 이 학문은 열정으로만 남는다. 사는 내내 정의의 문제가 그의 생각과 작품을 채우게 된다. 그의 관심사는 우선 두 가지로 압축된다. 독서와 정치. 그의 어머니는 오로지 볼테르만 앞세웠지만, 빅토르는 샤토브리앙을 훨씬 더 좋아했다.

위고는 샤토브리앙—아카데미 회원이자 장관이자 프랑스 귀족원 의원인—처럼 될 수는 없으니 그의 관심을 끌기 위해 그와 닮고 싶어했다. 그래서 두 형 아벨과 외젠과 함께 그의 우상 샤토브리앙이 발행하는 《르 콩세르바퇴르Le Conservateur》지誌를 모델 삼아 왕당파 잡지를 만들고 자신이 편집장이 되어 여러 가명으로 기사 대부분을 쓴다.

1820년 어느 날, 한 극렬 공화파가 부르봉 왕가의 후손인 샤를페르디낭 다르투아를 살해한다. 위고는 즉각 펜을 들어 〈드 베리 공작의 죽음La mort du duc de Berry〉이라는 시를 쓴다. 샤토브리앙이 그 시를 읽고는 그 재능에 반해 위고를 "숭고한 아이"라 칭하며 바로 호출한다. 두 사람은 만나서 친구가 된다. 샤토브리앙은 대사로서 수행하는 여행에 위고를 여러 차례 초대하고,《에르나니Hernani》사건이 벌어졌을 때 그의 편에 선다.《그리스도교의 정수Génie du Christianisme》의 저자는 제자가 스승을 능가한다는 사실을 일찌감치 깨닫는다. 1830년대부터 낭만주의의 수장首長은 확실히 빅토르 위고다.

"색깔도 없고, 생기도 없고, 목소리도 없는 아이", "삶의 책에서 지워진 아이",《가을 낙엽Feuilles d'automne》의 멜랑콜리에 젖은 아이는 사라졌다. 작가는 하나의 이름을, 하나의 좌우명(훗날 그의 거실 의자에 새겨질 '에고 위고 Ego Hugo')을, 그리고 "한 세기를 압축하는 복합적인 책을 한 권" 쓰겠다는 야심을 품었다.

빅토르 위고는 "샤토브리앙이 아니면 아무것도" 되지 않겠다던 포부를 능가하는 인물이 된다. 그는 소설가, 시인, 극작가, 풍자문 저자가 된다. 아카데미 회원, 프랑스 귀족원 의원, 그리고 국회의원이 된다. 왕당파였다가 공화파로 전향하고, 예지자이자 민중이 된다. 작가는 끊임없이 자신을 돌아보고 의심해 현실에 가까이 다가가려 한다. 숭고한 아이는 "다른 사람들처럼 존

빅토르 위고와 함께하는 여름

재감 없지도 않고 오만하지도 않게, 그들이 보는 것을
보고 그들이 만지는 것을 만지며" 살기를, 그리고 글을
통해 그들을 빛으로 인도하며 살기를 바란다.

02

혁명

"한 인간에 대해 '정치적 견해가 40년째 바뀌지 않은 사람'이라고 말하는 것보다 나쁜 찬사는 없다. 이 말은 일상의 경험도, 성찰도, 사실에 관한 생각의 기복도 없는 사람이라는 뜻이다. 고인 물을, 죽은 나무를 칭찬하는 말이고, 독수리보다 굴을 선호한다는 말이다."

《문학과 철학의 혼재Littérature et philosophie mêlées》에서 발췌한 이 글귀는 빅토르 위고가 우연히 고른 것이 아니다. 그의 생각에는 바위에 붙어 있는 것보다 하늘에서 맴도는 편이 나은 것이다. 독수리는 바로 그다. 힘세고, 혼자이며, 길들지 않고, 경계심 많은 독수리. 한마디로 자유로운 존재다.

이 자유는 그의 동시대인들에게 많은 물음을 던졌고, 오늘날까지도 그렇다. 처음엔 왕정주의자였던 그는 차츰 공화주의 이념에 동조했고, 결국 제2제정에 맹렬히 맞서는 반체제인사가 되었으며, 말년에는 심지어 파리코뮌[2] 가담자들을 옹호하기까지 했다. 빅토르 위고의 정치 행로는 가장 보수적인 우파에서 가장 사회주의적인 좌파까지 급변했다. 어떤 이들은 그걸 변덕이라 하고, 심지어 기회주의라 비난했다. 하지만 그는 열정 넘치는 신념과 한결같은 참여로 응수했다.

위고는 야심가였으나 이상보다 이득을 앞세운 적은 한 번도 없었다. 1802년에 태어나 1885년에 사망한 그는 숱한 정치적 격변을 겪었으며, 내적 혁명도 그만큼 경험했다. 그의 삶도 작품도 19세기 프랑스의 역사 및 소요와 떼어놓을 수 없다. 왕정주의자의 헌신을 토로한 첫 시집부터 극작품과 연설문, 정치 풍자문을 거쳐 마지막 소설 《93년Quatre-vingt-treize》에 이르기까지 그는 공적 행위에 관해, 인간이 살아가는 방식에 관해, 계속 함께 살아갈 수 있는 방식에 관해 끊임없이 성찰했다.

---

2 1871년 제2제정이 몰락하는 과정에 파리에서 일어난 민중봉기. 혁명자치정부가 수립되어 과감한 개혁을 시도했으나 정부군의 유혈진압으로 72일 만에 붕괴했다.

스물세 살에 그는 부르봉 가家의 마지막 왕 샤를 10세를 찬양하는 왕정 예찬론자였다. 레지옹도뇌르 훈장을 받았고, 《크롬웰Cromwell》 서문에서는 낭만주의적 극작품의 부흥을 준비했으며, 《어느 사형수의 마지막 날Le Dernier Jour d'un condamné》에서는 죄수들의 운명을 염려했다. 1830년 혁명이 시작되던 때였고, 그는 이미 여러 사회 문제들을 고심하고 있었지만 아직은 '혁명'을 온전히 신뢰하지 못했다—1789년에 일어난 혁명은 금세 '공포'로 변하지 않았나.

따라서 빅토르 위고는 루이필리프 왕의 즉위를 공경히 받아들이고, 지적 영예의 계단을 하나씩 밟고 올라간다. 1840년에는 발자크의 뒤를 이어 문인협회 수장이 된다. 이듬해에는 아카데미 프랑세즈 회원으로 선출된다. 국왕은 그를 최고의 작위인 프랑스 귀족원 의원에 임명한다. 간행물이 늘어난다. 위고는 부자가 되고, 유명해지고, 사회 불의에 대한 의식도 다듬어진다. 그의 친구였던 시인 알프레드 드 비니가 묘사한 것처럼 "헌신과 왕정주의를 살짝 광적으로 신봉하는" 청년이었던 그는 많이 변했다. 위고는 《목격담Choses vues》

에서 '법의 악행'이라 명명한 것과 싸우고 싶어하고 그렇게 단언한다.

1848년 혁명이 발발했을 때, 그는 아직 공화주의자는 아니지만 스스로 '민중에 헌신하는 자유주의적 사회주의자'라고 생각한다. 한때는 오를레앙 공작부인의 섭정을 지지했으나 그후 제2공화정 선언을 받아들이고 보수파로서 제헌의회 의원으로 선출된다. 그는 공식적으로는 우파였지만, 가난에 대한 혐오를, 종교와 분리된 학교에 대한 신념을, 사형수들에 대한 공감과 자유 언론에 대한 사랑을 소리 높여 드러내며 확실히 좌파로 기운다.

그가 속한 진영이 그를 부정해도 그는 그들의 진영을 떠나지 않는다. 심지어 루이 나폴레옹 보나파르트의 1848년 12월 대통령 선거 출마를 지지한다. 그런데 보나파르트는 1851년에 공화정을 전복하고 국민투표를 통해 쿠데타를 비준함으로써 그를 배반한다. 그리고 1년 뒤엔 과반수의 표를 얻어 제정을 선포한다.

확고한 결별이 이루어진다. 이후 위고는 19년이라는 긴 세월 동안 프랑스를 떠나 망명 생활을 하면서 맹렬한 공화주의자가 되고 더는 변하지 않는다. 그는 시집 《관조Les Contemplations》³에서 자신의 기복 많은 행보를, 망설임과 전향을 인정하며 "나는 성장했다"라고 말한다. 그의 변화는 경이롭고, 그가 《철학 산문Proses philosophiques》에서 표현한 진정성은 어떤 의혹도 불러일으키지 않는다.

"나는 산다. 그리고 나의 위험과 역경을 생각한다. 때때로 내가 어리석어 보일 거라는 데 동의한다. 나는 나의 어리석음이 자랑스럽다."

---

3 우리나라에서는 '정관시집'이라는 제목으로 많이 알려져 있다.

03

아델 푸셰

"그날 저녁 (…) 우리는 정원 안쪽 마로니에 나무 아래에 서 있었다. 산책하는 동안 이어진 긴 침묵을 깨고 그녀가 잡고 있던 내 팔을 놓으며 말했다.

– 달려요!

지금도 그녀의 모습이 눈에 선하다. (…) 그녀는 꿀벌처럼 잘록한 허리에 작은 두 발로 드레스 자락을 무릎까지 펄럭이며 내 앞에서 달리기 시작했다. 나는 좇았고, 그녀는 달아났다. 달릴 때 이는 바람에 검은 케이프가 휘날려 그녀의 가무잡잡하고 싱그러운 등이 간간이 드러났다.

나는 정신이 아찔했다. 폐허가 된 낡은 정화조 근처에서 그녀를 붙잡았다. 승리한 자의 권리로 그녀의 허리를 잡고 풀밭 위 벤치에 그녀를 앉혔다. 그녀는 순순히 따랐다. (…)

– 뭘 좀 읽을까요? 책 가지고 있어요? 그녀가 물었다.

나는 스팔란차니의 《여행》 두 번째 권을 갖고 있었다. 아무렇게나 책을 펼치고, 가까이 다가갔다. 그녀의 어깨가 내 어깨에 닿았다. 그렇게 우리는 같은 페이지를 각자 나지막이 읽기 시작했다. 페이지를 넘길 때마다 매번 그녀가 나를 기다려야 했다.

– 다 읽었어요? 그녀는 물었다. 나는 겨우 시작했는데.

우리의 머리가 맞닿고 머리카락이 뒤섞이면서 호흡도 차츰 가까워졌다. 그러다 갑자기 우리의 입술이 포개졌다. 다시 독서를 이어가려 했을 때는 하늘에 별이 총총했다.

내가 평생 기억할 저녁이다."[4]

1819년의 이 여름날 저녁 빅토르 위고는 열일곱 살이었고 인생의 여인 아델 푸셰를 포옹했다. 두 사람이 만난 건 10년 전, 파리의 생자크 로路 부근의 푀이앙틴

---

[4] 〈약혼녀에게 보낸 편지〉, 《빅토르 위고가 이야기하는 빅토르 위고의 삶La Vie de Victor Hugo raconté par Victor Hugo》, 클로드 루아 엮음, 쥘리아르, 1952년, 43~44쪽.(-원주)

골목길 안마당에서였다. 위고의 어머니 소피 트레뷔셰는 옛 수녀원 건물의 1층을 세내어 살았고, 아델 가족은 같은 건물의 다른 편에 살았다.

아델은 갈색 머리칼에 검은 눈동자의 여인으로, 문학을 좋아했으며 빅토르와 결혼하기를 꿈꾸었다. 그러나 앞날 창창한 작가의 어머니는 이 결합에 반대했다. 아델이 아들에게 적합해 보이지 않아서였다. 이 사실을 안 아델의 부모는 아델을 빅토르에게서 멀리 떼어놓기로 결정했다. 얼마 후 위고네 가족도 이사했다. 그 뒤 부모가 완전히 헤어지면서 빅토르는 코르디에 기숙학교에 들어갔다. 2년 동안 수십 통의 편지를 은밀히 주고받은 뒤 두 청춘은 다시 만났다. 1821년은 슬픔과 기쁨이 혼재된 해였다. 빅토르 위고는 어머니를 잃었지만, 사랑하는 여자와 결혼할 자유를 얻었다.

결혼식은 1822년 10월 12일 생쉴피스 성당에서 거행되었다. 아델에게 진지하고 강박적인 사랑을 은밀히 품고 있던 외젠 위고가 불길한 눈길로 바라보는 가운데. 결혼식이 있기 몇 주 전, 빅토르는 약혼녀에게 이런 말을 써보냈다. "나도 당신처럼 우리의 매혹적인 첫날

밤까지 나의 행복한 무지를 지킬 겁니다." 그토록 기다리던 밤이 되었다. 동정인데다 "술 취한 포도 수확자처럼 혈기왕성했던"(라마르틴의 적절한 표현에 따르면) 위고는 아내와 아홉 번이나 사랑을 나눴다. 어쨌든 그가 말년에 자랑스레 주장했다는 횟수—논란의 여지는 있겠지만—는 그렇다.

부부는 행복하게 지내며 1823년에 첫 아이 레오폴드를 맞이하는데, 이 아이는 태어난 지 몇 달 만에 죽는다. 이듬해 레오폴딘이 태어난다. 그 뒤를 이어 샤를이(1826년), 프랑수아빅토르가(1828년), 그리고 아델(1830년)이 태어난다. 6년 동안 다섯 번의 임신을 한 위고 부인은 차츰 남편과 거리를 두기 시작하고 남편에게 침실 문을 닫는다. 다른 남자가 그녀의 마음을 사로잡는다. 불과 얼마 전 부부의 충직한 친구가 된 생트뵈브라는 작가다. 그는 정기적으로 찾아와 빅토르 위고에게 열렬한 존경을 바치는데, 다소곳한 그의 아내에게 차츰 반해, 그녀를 향한 강렬한 애정을 친구에게 보내는 편지에 서툴게 고백하기까지 한다. 이렇게 시작된 기이한 삼각관계가 1836년까지 유지되면서 사랑보다는 우정을 더 위험에 빠뜨린다. 배신당한 남편은 "형제나 다름없는 친구" 생트뵈브에게 "깨진 건 아무것도 없다"고 단언하지만, 둘의 만남은 뜸해진다. 위고는 연극계에 자리 잡느라, 1833년에 만난 매혹적인 여배우 쥘리에트 드루에의 품에 안겨 위로받느라 매우 바빴다.

세월이 흐르는 동안 작가는 아내를 향한 사랑은 그대로 간직한 채 연애를 이어간다. 그는 아내에게 보내는 편지에 이렇게 쓴다. "거듭 말하지만, 내가 다른 사람들보다 낫다고 생각하지 않아요. 나도 실패하거나 방황할지도 모르오. 하지만 당신을 사랑하오. 영원히 사랑할 거요. 이것만은 분명히 알아줘요, 아델. 당신이 내 말을 믿어주길 바라며 진심으로 하는 말이오."

아델은 단 한 번도 그를 원망하지 않는다. 그를 향한 사랑의 이름으로, 도를 넘은 행동들까지 허용한다. 1836년 7월 5일에 쓴 편지에서 그녀는 이렇게 말한다. "당신이 행복하기만 하다면 뭘 해도 괜찮아요. 난 행복할 거예요.—이건 무관심이 아니라 헌신이에요. 삶에 대한 초연함이고. 게다가 나는 결혼이 안겨준 당신에 대한 권리를 절대 남용하지 않을 거예요. 머릿속으로 나는 당신이 총각만큼 자유롭다고 생각해요. 스무 살에 결혼한 가련한 당신이 나 같은 보잘것없는 여자에게 인생을 묶어두길 바라지 않아요. (…)"

그렇지만 이 관용에도 한계는 있다. 건지 섬에서 남편의 전기(《평생의 증인이 이야기하는 빅토르 위고Victor Hugo raconté par un témoin de sa vie》, 1863년)를 쓰면서 아델은 남편의 오랜 연인이자 그녀의 절대 적수인 쥘리에트를 단 한 번도 언급하지 않는다.

04

《에르나니》 논쟁

연극이 사람들의 열정을 뜨겁게 달구고, 의견을 갈라 놓고, 정치적 논쟁을 부추기던 시절이 있었다. 지나치게 대담한 대사 한마디 때문에, 불완전한 12음절 시구 때문에 객석에서 주먹다짐이 벌어지던 시절. 빅토르 위고는 그런 시절을 살았고, 심지어 그런 사건을 유발했다. 1820년대 말 프랑스 연극의 부흥을 일으킨 사람이 바로 그였으니 말이다.

위고는 무대에 대한 열정이 있었다. 젊은 시인은 알았다. 자신이 극작가가 되면 명성을 얻으리라는 걸. 이미 몇 년 전부터 그는 노트르담데샹 로의 자기 집으로 친구들을 불러모아 자신이 쓴 극작품의 초고를 읽어주는 습관이 있었다. 그는 들라크루아, 메리메, 뮈세, 생트뵈브, 비니, 라마르틴에 둘러싸여 낭만주의 대열의 우두머리를 자처했고, 야심을 감추지 않았다. 연극을 재창조하고 "이론에, 시학에, 체계에 망치질을" 하고, "예술의 진짜 얼굴"을 보여주리라는 야심이다. 1827년에 그가 쓴 《크롬웰》 서문은 진정한 문학 선언문이다. 이 글에서 그는 고전적인 규칙들을 해체하고, 행위와 장소의 단일성에 관한 규칙의 소멸을 주장하고, 기괴함과 숭고함의 결합을 권장한다. '논쟁'이 시작된다.

샤를 10세가 그의 극작품 《마리옹 드 로름Marion de Lorme》(루이 13세 시대의 고급 창녀 이야기)의 공연을 금지한 뒤, 위고는 이 일을 설욕하기 위해 세 남자가 아름다운 도나 솔의 사랑을 얻으려고 다투는 비극인 《에르나니》를 발표한다. 낭만주의의 탁월한 주인공인 청년 에르나니, 에스파냐 왕 돈 카를로스, 여주인공의 삼촌인 막대한 부호 돈 루이 고메즈 데 실바 노인이 등장한다.

초연일 저녁이 다가왔다. 초연은 고전극의 사원 격인 테아트르프랑세(지금의 코메디프랑세즈)에서 열렸다. 보수파 관객을 맞닥뜨리게 되리라는 걸 알기에 위고는 자기 사람들을 동원했다. 그의 친구 테오필 고티에와 제라르 드 네르발이 낭만주의 저항을 상징하는 색인

'붉은 조끼' 차림으로 극장에 올 동지들을 모집하는 책임을 맡았다.

1830년 2월 25일 14시, 극장 문이 열렸다. 아직 어두컴컴한 객석 안으로 군중이 몰려들었다. 막이 오르기까지는 아직 여덟 시간을 기다려야 했다. 논쟁이 시작되었다. 먹을 것을 가져온 사람들도 있었다. 두 진영이 서로를 주시했다. 저자의 충실한 친구인 고티에는 이렇게 회상한다. "우리는 더없이 침착하게 저들을, 과거와 틀에 박힌 관례를 고집하는 그 모든 망령을, 후들거리는 허약한 손으로 미래와 연결된 문을 닫아두려고 기를 쓰고 붙드는 자들을, 예술과 이상과 자유와 시의 모든 적을 응시했다." 이윽고 일곱 번의 종소리가 울리고, 웬 노파가 무대 위에 나와 여주인이 기다리는 남자에게 문을 열어준다….

벌써 그이가 온 걸까?… 분명 계단에
숨어…

첫 대사가 읊어지자 객석에서 고함이 터져나왔다.

'숨어'라는 단어를 2행 앞머리에 쓰는 건 용납할 수 없는 일이었다. 통상적이지 않았다. 빅토르 위고는 12음절 운율을 깨뜨렸을 뿐만 아니라, 정치적으로 세상을 다시 문제 삼고 언어가 더는 귀족들만의 언어가 아니라 민중의 언어임을 보여주었다. 소란이 일어날 낌새였으나 아직은 아니었다…. 문으로 들어선 남자는 도나 솔에게 사랑을 고백하러 온 돈 카를로스 왕이다. 에르나니가 곧 도착할 테니 왕은 숨어야 할 처지다. 그는 장롱을 선택한다. 군중 속에서 분노의 물결이 일었다. 감히 왕을 마녀나 광대처럼 옷장 속에 집어넣다니. 고전주의자들은 고함을 질렀고, 낭만주의자들은 박수갈채를 보냈다. 양쪽 모두 역사적 순간에 자리하고 있다는 믿음은 확고했다. 고티에는 이렇게 전한다.

"극장에서 나오면서 우리는 담장에 이렇게 썼다. '빅토르 위고 만세!' 그의 영광을 널리 알리고 속물들을 괴롭히려고. 신조차 위고만큼 이렇게 열렬히 숭배받은 적이 없었다. 우리는 그가 죽음을 면할 수 없는 보통 인간처럼 우리와 함께 거리를 걷는 걸 보며 놀랐다. 우리 눈엔 그가 날개 단 승리의 여신이 머리에 얹어주는 황금관을 쓰고 네 마리 백마가 끄는 승리의 마차를 타고 도시를 빠져나가야 할 것처럼 보였다."

다음날, 유례없이 격렬한 비평들이 쏟아졌다. 그러나 위고는 승리했다. 그는 인간을 일깨우는 연극을 꿈꿨고, 그 꿈이 이제 형체를 그려냈다. 낭만주의 비극의 새 시대가 시작된다. 이 시대는 몇 년 뒤《뤼 블라스Ruy Blas》와 함께 절정에 달한다.

05

민중에 대한 사랑

빅토르 위고가 잊지 못하는 장면들이 있다. 그가 '목격'한 장면들은 그의 기억 속에 영원히 닻을 내렸다. 1851년 2월 릴에서 그는 노동자들이 밀집해 살고 있는 비위생적인 주거지를 방문했다. 같은 시기 몽포콩에서는 "불결하고 악취 풍기는 쓰레기 더미"에서 아이들을 위한 먹을거리를 찾는 어머니들을 보았다. 파리에서 청소년기를 보낼 때는 빵을 훔친 죄 때문에 불에 달군 쇠로 몸에 낙인이 찍히는 젊은 여자의 비명을 들었다. 위고가 책에서 민중에 대해 수없이 말한 건 민중의 조건과 고통을 잘 알기 때문이었다. 그는 민중에 관심을 기울이는 데 그치지 않고 그들의 삶을 개선하기 위해 모든 것을 작품에 담았다.

각성은 시간과 더불어 이루어졌다. 젊은 시절 왕정

주의자였던 시인은 세상을 가까이하면서 '불행한 사람들'을 알게 된다. 1831년에 시집 《가을 낙엽》에서 그는 이미 "(자신의) 시에 새로운 음색을" 더하며 억압에 대한 반감을 표현했다. 3년 뒤 소설 《클로드 괴 Claude Gueux》에서도 빵을 훔치고 투옥된 노동자의 비극적인 운명을 이야기하는데, 이것이 《레 미제라블les Misérables》의 상징적 인물이 될 장 발장의 첫 모델이다. 뤼 블라스, 카지모도, 그리고 대단히 정치적인 작품 《그들은 먹게 될까?Mangeront-ils?》의 아이롤로도 곧 등장한다. 모두 민중에서 나온 인물들이다. 이들 모두가 작가의 호의적인 시선 아래 주인공이 된다.

사회 문제―더 정확히 말하자면 주된 사회적 쟁점인 기아 문제―가 빅토르 위고의 정치적 변화를 이끌었다. 제2공화국 선언에 이어진 1848년 6월의 나날이 특히 그에게 계시처럼 작용했다. 국가가 국립 취로 작업장을 폐쇄하자 민중이 거리로 나섰다. 위고는 그 작업장들을 폐지하는 데 이미 찬성표를 던졌지만, 봉기한 사람들이 자신들의 대의를 옹호하는 걸 보며 그들의 운명을 제대로 파악했다. 몇 주 뒤 새 신문이 출현

한다. 〈레벤망L'Événement〉이다. 위고의 두 아들 샤를과 프랑수아빅토르가 발행한 이 신문은 아버지가 쓴 한 문장을 신조로 삼았다. "아나키에는 맹렬한 반감을, 민중에는 다정하고 깊은 사랑을."

1849년 5월, 위고는 우파 진영의 입법의회 의원으로 선출된다. 가난에 대해 그가 한 다음의 유명한 연설이 정세를 바꿔놓는다.

"저는 신의 규율인 고통을 이 세상에서 제거할 수 있다고 믿기보다는, 가난을 타파할 수 있다고 생각하고 또 그렇게 주장하는 쪽입니다. 의원 여러분, 잘 들으십시오. 제가 말하는 건 가난을 축소하거나 감소하거나, 제한하거나 한정하자는 게 아니라 소멸하자는 겁니다. 나병이 인간 신체의 질병이듯 가난은 사회 몸체의 질병입니다. 나병이 사라졌듯이 가난도 사라질 수 있습니다. 입법자와 통치자들은 끊임없이 그 생각을 해야 합니다. 이런 문제에서 가능한 일을 하지 않는다면 의무를 다하지 않는 것이기 때문입니다."

국회 분위기가 얼마나 고조되었을지 상상해보라. 이 연설을 하며 위고는 자기 진영의 야유와 좌파 진영의 박수갈채를 받았다. 그가 의원들에게 던진 마지막 말은 장차 그가 할 참여가 어떤 것인지를 명백히 드러냈다. "단언컨대 (…) 불행한 이들은 언제나 있겠지만 가난한 사람들les misérables은 더이상 없게 할 수 있습니다." 말은 내뱉어졌고, 작가는 책 제목을 찾았다.

위고는 이 소설을 끝내는 데 15년을 바쳤다. 소설의 상당 부분이 망명 생활 동안 집필되었다. 채널 제도[5]로 가기 전에 그는 브뤼셀에 여행 가방을 풀었다. 거기서 프랑스 정치와의 결별을 보여주는 텍스트 두 권을 썼다. 《꼬마 나폴레옹Napoléon le Petit》과 《징벌les Châtiments》이다. 시집 《징벌》에서 그는 자신이 무척 사랑하는 프랑스 민중에게 곧 자리 잡을 우려가 있는 황제 권력에 맞서 싸우라고 촉구한다. 〈즐거운 삶Joyeuse vie〉이라는 시는 질서와 권리를 복원해줄 정의로운 미래에 대한 그의 깊은 신뢰를 증언한다.

아! 누군가는 말하리라. 뮤즈가 역사라고.

---

5 프랑스 노르망디 해안에 있는 영국령의 섬들. 건지 섬과 저지 섬, 올더니 섬, 사크 섬, 험 섬, 제트후 섬 등이 포함된다.

누군가는 캄캄한 밤에 목소리를 높이리라.

웃어라, 광대 같은 형리들이여!

쓰러진 가련한 프랑스여, 누군가 너의 복수를 해주리라.

나의 어머니여! 목숨을 앗아가는 말이

깊은 하늘에서 나오는 걸 보게 되리니!

유서 깊고 오랜 걸인들보다 추악한 저 비렁뱅이 강도들은

탐욕스러운 이빨로 가난한 민중을 물어뜯는다

무자비하고 인정사정없고

심장은 없고 얼굴은 둘인 비루한 자들은 말한다,

저런! 허황된 시인이라니! 구름 속을 헤매는구나!

그렇다 치자. 천둥도 구름 속에 있으니.

일어날지 모를 민중의 봉기에 대한 희망은 시인의 머리에서 떠난 적이 없다. 시인은 아무리 길고 현기증 나는 시간이 이어져도 시간이 자신의 최고 동맹이라는 걸 알고 있었다.

06
파리

루이 아라공은 이렇게 썼다. "파리에 관해 빅토르 위고처럼 말한 사람은 아무도 없다." 그는 "파리를 서정적 삶에 눈뜨게 한 최초의 인물일 것이다." 이 말을 납득하려면 작가의 가장 아름다운 소설 중 하나를 펼쳐 보아야 한다. 이 도시의 조감도를 보여주는 유일한 책 《파리의 노트르담Notre-Dame de Paris》을.

"지금의 파리가 그대들에게 그토록 감탄스러워 보인다면, 15세기의 파리를 머릿속에 다시 지어보라, 다시 건축해보라. 첨탑들, 망루들, 종탑들이 이루는 놀라운 울타리 너머로 동터오는 하늘을 보라. 푸르고 노란 커다란 웅덩이들을 품은 센 강을, 뱀의 외피보다 변화무쌍한 센 강을 거대한 도시 한가운데 흩뿌려보라, 섬들로 찢어보라, 다리의 아치들로 주름지게 해보라. 저

늙은 파리의 고딕풍 윤곽을 쪽빛 수평선 위로 선명하게 그려보라. 수많은 굴뚝에 매달린 겨울 안개로 휘감아 흐릿해진 윤곽으로 허공에 떠돌게 해보라. 깊은 어둠 속에 잠기게 해보라. 그리고 저 건물들의 음침한 미로 속에서 빛과 어둠이 펼치는 기이한 유희를 바라보라. 거기에 달빛 한줄기를 던져보라. 미로가 희미하게 그려지고, 망루가 달빛을 받으며 커다란 머리를 안개 밖으로 내밀 것이니. 아니면 그 검은 형체를 다시 붙들어, 수천 개의 화살과 날카로운 박공 모서리들에 어둠을 입혀 되살아나게 하라, 상어의 이빨보다 뾰족한 그 검은 형체를 노을 진 붉은 하늘에 도드라지게 하라."

위고는 도시를 묘사하지 않는다. 그저 그리고 색을 입히고 시를 짓는다. 길, 지붕, 건물. 모든 것이 그의 펜 아래 살아 움직인다. 빅토르 위고의 파리에서는 모든 것이 우글거리고, 무언가가 화산처럼 잠들어 있다. 이 도시는 그의 도시였다. 그는 그곳에서 오랫동안 살았다─어린 시절엔 푀이앙틴 골목길(생트주느비에브 산 근처), 그후엔 노트르담데샹 로, 보지라르 로, 루아얄 광장(옛 보주 광장), 라로슈푸코 로, 드 클리시 로, 그리고

빅토르 위고와 함께하는 여름

마지막으로 델로 로(1881년에 빅토르 위고 로로 이름이 바뀌었다). 그러나 파리는 그의 소설 속 등장인물들의 도시이기도 하다. 곳곳에서 골목길을 돌아설 때 그의 등장인물들의 그림자가 불쑥 튀어나온다.《레 미제라블》의 가브로슈가 휘파람을 불며 수염 난 노파를 부르는 소리가 들린다. "부인! 말을 타고 외출하세요?" 저기 뤽상부르 공원에서는 코제트를 처음 본 마리우스가 보이고, 그레브 광장(지금의 시청 앞)에서는 목이 매달린 에스메랄다가 보인다.

위고는 파리를 향한 각별한 사랑으로 문화유산에 더 관심을 기울이고, 국가 기념물의 파괴에 맞서 싸우는 투쟁을 벌인다. 그는 정치 풍자문 두 편을 쓰고, 그 글은 〈파괴자들과의 전쟁!〉이라는 제목으로《문학과 철학의 혼재》라는 모음집에 실린다. 이 글에서 그는 '프랑스 기념물들의 파괴'에 가담하는 정치인들의 방임적 태도에 분개한다.

"때가 왔다. 침묵을 지키는 것이 더는 누구에게도 허용되지 않는 순간이. 옛 프랑스를 구하도록 모두가 한목소리로 새로운 프랑스를 외쳐 불러야 한다. 온갖 종류의 모독, 퇴폐, 파괴가 얼마 남지 않은 경이로운 중세 기념물들을 위협하고 있다. 국가의 오랜 영광이 새겨져 있고 왕들의 기억과 민중의 전통이 동시에 결부되어 있는 기념물들을."

그는 블루아 성城, 오를레앙 성벽의 잔해, 뱅센 성의 낡은 탑들, 생제르맹데프레 성당을 예로 든다. 그리고 행동을 촉구한다. 1834년에 역사 기념물 감독기구가 창설되어 프로스페르 메리메[6]가 감독관을 맡아 운영했다. 그러나 첫 보호법이 가결되려면 1887년, 그리고 이 조치가 추인되려면 1913년까지 기다려야 했다. 위고는 참지 못하고 자신의 개인 문화유산을 만들었다. 그가 아끼는 건축물들과 그 무엇으로도 훼손될 수 없는 다른 경이로운 것들이 그의 책들 속에 보존되었다.

글쓰기 덕에 그는 파리를, 비길 데 없는 파리의 아름다움을 떠나지 않을 수 있었다. 심지어 망명 생활 동안에도.

1867년, 소설가 폴 뫼리스Paul Meurice는 그해 파리에

---

6 Prosper Mérimée(1803~1870), 19세기의 낭만주의 소설가. 작품으로 《카르멘》 이 있다.

서 열릴 만국박람회를 준비하면서 위고에게 도움을 청한다. 파리를 기리는 책 한 권에 그 시대 프랑스 문학의 위대한 이름들을 집대성하려는 것이다. 위고는 뒤마, 고티에, 쥘 미슐레와 함께 향수 어린 빛나는 책을 쓴다. 《파리Paris》.

그가 도피한 지 16년째다. 16년이라는 격리와 분노의 긴 세월을 살면서 작가는 짧지만 광적인 이야기를 통해 현실을 승화해낸다. 파리는 유일무이하다. 근본적인 항거—1789년의 항거—와 민중 봉기의 장소이기 때문이다. 파리는 위풍당당하다. 카르타고, 예루살렘, 로마처럼 한 문명의 토대이기 때문이다. 파리는 강력하다. '현기증'과 '전율'을 동시에 불러일으키기 때문이다.

위고는 지나침을 겁내지 않고 언어에 대한 재능을 발휘하며 역사가의 정확성을 갖추고 이 미궁 같은 도시의 거리와 작은 골목길 속으로 뛰어든다.

도시는 기억을 뛰어넘어 3차원의 정신적 구조물로 변한다. 추방당한 그는 그 구조물 속에서 제 욕망에 따라 자유롭게 거닐 수 있다. "언제나 원하는 것, 그것이 파리의 실상이다." 이 문장에서 위고는 더도 덜도 아닌 오직 자기 자신에 대해 말한 것이다.

빅토르 위고와 함께하는 여름

07

무한

우주는 언제나 위고를 매혹했다. 그는 우리 머리 위와 발밑에 무엇이 있는지 자주 의문을 품었다. 하늘의 광막함부터 바다의 깊이까지, 그는 벼랑 끄트머리에 선 것처럼 늘 심연을 마주했다. 겁에 질린 채, 그러나 뛰어내리고 싶은 유혹을 느끼며. "저 너머에는 대체 무엇이 있을까?" 그는 《철학 산문》에서 이렇게 자문한다.

"우리가 세상을 만든 걸까? 아니다. 세상은 왜 이럴까? 우리는 그것을 알지 못한다. 이 어둠 속에는 빛이 있다. 그 빛은 거기서 무얼 할까? 빛은 말로 표현할 수 없는 것을 말하고, 눈에 보이지 않는 것을 비춘다. 빛은 횃불을 닮아서 주위를 밝힌다. 그리고 눈동자를 닮아서 주변을 바라본다. 빛은 무시무시하면서 매혹적이다. 미지 속에 흩어지는 미광이다. 우리는 그것을 천체라고 부른다. 그 모든 것은 전대미문의 공상과 현실의 무게를 품고 있다. 미치광이도 그걸 꿈꾸지 않을 테고, 천재도 그걸 상상하지 못할 것이다. 그 모든 것은 단일하다. 단일성이다. 나도 그것에 속한다고 느낀다. 내가 어떻게 거기서 벗어날 수 있겠는가? 저 거대한 성좌들의 기상에 내가 뭐라 응답할 수 있겠는가? 모든 빛은 입을 가졌고 말을 한다. 빛이 하는 말을 나는 본다. 그럴 때 하늘은 빛으로 충만하다. 여러 힘이 짝을 짓고, 수태된다 (…) 이 모든 것은 절대적이다. 내가 대체 무엇을 알까?"

그렇다. 그는 알지 못한다. 누구도 알지 못한다. 그는 공간, 어둠, 무한의 현기증만 느낄 뿐이다. 1834년 어느 여름날 저녁, 파리의 천문대에서 그가 경험한 바로 그 무한이다.

그날 그는 천문학자이자 물리학자인 친구 프랑수아 아라고를 찾아갔다. 하늘에 "달이 밝아서 (…) 육안으로도 달의 검은 쪽 둥근 형체를, 희끄무레한 모양을 알아볼 수 있었다." 전망대에 오르자 아라고가 그에게 망원경을 가리키며 들여다보라고 권했다. 위고는 몸을 기울이고 관찰하지만 "어둠 속에서 일종의 구멍 같은 것" 말고는 아무것도 보지 못했다. "자넨 방금 여행을 한 거야." 그의 친구가 말했다. 위고는 여전히 알아듣지 못했다. 그래서 다시 몸을 숙이고 두 번째로 들여다보았다. 그제야 마침내 무에서 빠져나오는 땅이 보였다. 망원경으로 확대해서 본 그 달의 모습은 그에게 공空의 느낌, 불가해한 것의 느낌, '무지'의 느낌을 안겨주었다.

그는 잘 알려지지 않은 숭고한 책 《꿈의 곶Le Promontoire du songe》에서 그 전율을 이야기한다. 이 책은 오랫동안 출간되지 못했다. 오늘날 우리가 이 책을 재발견할 수 있게 된 데는 에세이 작가이자 시인인 아니 르브렁Annie Le Brun의 공이 크다. 망원경 일화 이후로 위고는 상상계의 필요에 관해 성찰한다.

작가는 우리에게 말한다. "인간에겐 꿈이 필요하다. 꿈 없이는 삶에서나 예술에서나 좋을 일도 없고 가능한 일도 없다. 플라톤, 단테, 세르반테스, 밀턴, 토마스 모어. 모두가 한때는 꿈을 꾸었다." 위고는 말한다. "시인들이여, 꿈을 꾸어라, 예술가들이여, 꿈을 꾸어라. 철학자들이여, 꿈을 꾸어라. 사상가들이여, 몽상가가 되어라. 몽상은 수태다." 그러나 당연히 위험이 있고, 피해야 할 나락이 있다. 바로 광기다. 위고는 경고한다. 몽상가는 몽상보다 강해야 한다. 경계해라, 자신이 택한 꿈속에서 길을 잃지는 말아야 한다.

맛보기 힘든 감정들을 찾는 작가에게, 꿈은 시에 도달하게 해주고 슬픔과 죽음을 피하게 해준다. 꿈 덕분에 작가는 열아홉 살에 비극적으로 세상을 떠난 딸 레오폴딘의 무덤에도 찾아갈 수 있다. 또한 꿈속에서 그는 폭군들, 가난, 불의로부터 해방된 더 나은 세상을 구상한다. 꿈을 꾸기에 계속 살아갈 수 있다.

"딱하게도 모든 것은 기울고, 어두워지고, 떠나가기 마련이다. 나는 때때로 내면 깊이 슬프다. 만물은 제 산화물에 공격당한다. 숫자들은 가치가 하락하고, 검劍들은 명예가 훼손된다. 생각하는 사람은 있지만 씨 뿌리는 사람은 없다. 사람들은 땅을 팔 뿐 갈지 않는다. 그렇지만 지난 세기의 말라붙은 고랑에서 군주제 때의 낡은 생각을, 관례적인 낡은 생각을 능력껏 줍는다. 저마다 땅에서 뭔가를 찾는다. 제발 하늘에서 좀 찾아라!

(…) 무한을 베개 삼아라."

베개가 없어서 빅토르 위고는 건지 섬의 자기 집에
다 하늘과 땅 사이—혹은 하늘과 바다 사이—에 자리
한 방 '룩아웃look-out[7]'을 만들었다. 쨍쨍한 날엔 열기
때문에 숨이 막히고, 폭풍이 창문을 때릴 때는 귀가 먹
먹한 공간이다. 아무 경계가 없는 자연의 두 힘 사이에
서 시인은 몇 시간이고 글을 썼고, 무엇도 그를 교란하
지 못했다. '끝내는' 걸 멈추려는 욕망 말고는. 그는 셰
익스피어에 관해 이렇게 자문하지 않았던가. "그가 곧
끝낼까?" 그에 대해서도 똑같은 질문이 우리를 떠나지
않는다. 그리고 대답도 동일하다. "절대로."

---

7 초소. 망루.

08

추함

"아름다움은 한 가지 유형뿐이지만 추함에는 천 가지가 있다."《크롬웰》서문에서 발췌한 이 문장은 빅토르 위고 미학의 본질을 말해준다. 추함은 다양하고 수수께끼 같아서 그를 심문하고 매혹한다. 그는 삶과 흘러가는 시간에 순종하는 몸의 유기적 움직임에 열광한다. 그의 여러 책 속에서 여자는 무한정 '아름답지' 않다.《레 미제라블》에서 팡틴은 처음엔 "눈부신 얼굴, 섬세한 윤곽 (…) 조각 같고 세련된" 모습으로 묘사된다. 그러나 이 아름다움은 금세 손상된다. 숱 많은 머리카락과 눈부시게 하얀 치아를 팔아야 했기 때문이다. 반면 그녀의 딸 코제트는 화자가 처음엔 "추하다"고 묘사했지만, 사랑이 그녀를 "아름다운 여인"으로 바꿔놓는다.

따라서 위고의 세계에서 아름다움은 대단히 상대적인 특성이다. 위고는 아름다움보다 기괴함과 숭고함의 결합—낭만주의 비극의 토대인—을 선호한다. 어둠에서 빛을 끌어내는 것, 괴기스러움의 우아함을 드러내는 것. 이것이 그의 계획이다. 그래서 그는 어두운 것, 감춰진 것, 굳은 것, 사람들이 등한시하고 조롱하고 거부하는 모든 것을 그린다. 카지모도, 그윈플렌, 트리불레는 이 기이한 영웅주의를 구현하는 인물들이다.

먼저 카지모도. 그는 빈민, 즉 '미제라블'이다. 어려서 노트르담 성당 계단에 버려진 후로 그는 성당의 종탑을 떠난 적이 없다. 이무깃돌들을 친구로 삼은 그는 때때로 이무깃돌과 혼동된다. 어느 날 그는 대성당 문 위쪽의 장미창 구멍으로 군중에게 모습을 드러낸다. 그의 모습을 보고 군중은 폭소하며 그를 미치광이들의 교황으로 추대한다….

"뭉툭한 사각코, 말발굽 같은 입, 무성한 적갈색 눈썹에 뒤덮인 작은 왼쪽 눈과 커다란 무사마귀에 뒤덮여 사라진 오른쪽 눈, 요새의 총안銃眼처럼 들쭉날쭉하고 듬성듬성 빠진 치아, 무감각한 입술 사이로 코끼리

상아처럼 삐죽 튀어나온 치아 하나, 두 갈래로 갈라진 턱, 이 모든 것에 더해진 전체적인 생김새를, 심술과 놀라움과 슬픔이 뒤섞인 그 모습을 독자에게 떠올리게 하기란 쉽지 않다. 할 수만 있다면 이 모든 것의 집합을 상상해보라."

이름이 그의 모든 걸 드러내준다. '카지quasi/모도modo'는 거의[8] 인간이지만 완전한 인간은 못 된다. 그의 얼굴, 그의 기형이 그를 규정하고 가둔다, 마치 그원플렌처럼. 유일하게 다른 점이 있다면 '웃는 남자L'Homme qui rit' 그원플렌은 날 때부터 추했던 게 아니라 가혹행위를 겪고 나서 추해졌다는 것이다. 아이들을 매수해 얼굴을 흉하게 훼손한 뒤 되파는 인신매매단의 피해자인 그원플렌은 입이 귀까지 찢어진 얼굴로 다른 사람들을 웃게 하지만 자신에겐 '기쁨의 표현'이 아닌 영원한 미소를 지은 채 살아가야 한다. 다행히 그는 어린 데아를 죽은 엄마의 품속에서 구해낸다. 데아는 맹인이다. 그원플렌을 보고 웃지 않는 유일한 사람이다.

---

[8] quasi는 '거의'라는 뜻이다.

그에게 처음으로 "넌 정말 아름다워!"라고 말해줄 사람이 바로 그녀다. 데아는 빅토르 위고다. 눈에 보이지 않는 아름다움을, 괴물 너머의 인간을 보는 사람이다.

추함에 대해 말한다는 건 추한 사람의 인간성을 살피는 일이기도 하다. 《왕은 즐긴다Le Roi s'amuse》의 광대 트리불레는 혐오스러운 인물의 모든 것을 갖췄다. 그는 "인간들이 모두 등에 혹을 갖고 있지 않아서 (…) 인간을 싫어한다. (…) 그는 왕을 타락시키고, 망가뜨리고, 우둔하게 만든다. 폭정으로, 무지로, 악덕으로 내몬다." 그 모든 것이 자기 딸의 복수를 하기 위해서다. 트리불레는 불행한 광대다. 딱하게도 그에겐 그걸 드러낼 권리가 없다.

오 신이시여! 슬프고 불쾌하고

잘못 만들어진 몸에 갇혀 편치 않은 내가

나의 불구에 대한 혐오에 젖고,

모든 힘과 모든 아름다움에 질투를 느끼고,

나를 더 어둡게 만드는 광채들에 둘러싸여

때때로 맹렬히 홀로 어둠을 찾고,

흐느끼며 씁쓸히 눈물짓는 내 영혼을

잠시 추스르고 가라앉힐라치면,

나의 유쾌한 주인이 불쑥 나타나네.

힘 넘치고 여자들의 사랑을 받아 존재하는 것이 유쾌한 그는

행복해서 무덤을 잊네.

키 크고 젊고 건강하며 프랑스의 왕이요 잘생긴 그가

발길질로 나를 어둠으로 내몰아 거기서 내가 한숨 짓는데,

그는 하품하며 나에게 말하네, 광대야, 나를 웃겨라!

— 오, 궁정의 가련한 미치광이! 저런데도 인간이라니!

불구를 광채로 간주하는 성찰을 통해, 위고는 고통 받는 인간을 보호하려는 투쟁을 지칠 줄 모르고 이어 왔다. 《관조》에서도 '거미와 쐐기풀'을 사랑한다고 단언함으로써 이러한 편애를 명백히 드러낸다. 아름다움은 모든 표준에서 멀리 떨어져, 인상을 찌푸리게 하고 거슬리며 잡종이어야 한다. 훗날 앙드레 브르통은 "발작적"이어야 한다고 쓸 것이다.

09
청춘기의 글

"웬 목소리가 사막에서 외쳤다". 이것은 빅토르 위고가 1822년에 출간한 첫 책《오드Odes》를 여는 첫 문장이다. 이 시집은 그가 아직 '세기 초' 낭만주의에 젖어 있던 젊은 시절에 쓴 모든 시를 모은 것이다. 우리 눈앞에서 드높아지는 '목소리'는 시적인 동시에 정치적이다. 위고는 서문에서 이렇게 설명한다. 시인은 "빛처럼 민중 앞에서 걸으며 그들에게 길을 보여주어야 한다." 이 신념은 변하지 않는다. 1853년에 쓴《징벌》에도 이런 신념이 암암리에 드러날 뿐 아니라, 그의 많은 소설과 연설에서도 이런 신념을 다시 만날 수 있다. 장차 선지자가 될 싹이 이미 움트고 있지만, 아직 외침까지 내지르지는 않았다.

이 시기에 위고는 왕정주의자로서 조국과 군대의 영

광을 부르짖는 시들을 쓰며 문학계에서 서서히 자리를 잡아간다. 그는 홀로 읽는 법을 터득했고, 스무 살에는 글쓰기를 일상의 양식으로 삼는다. 그의 시들 중 일부는 아카데미의 치하를 받은 〈베르됭의 처녀들〉이나 〈앙리 4세 동상의 복원〉 같은 시처럼 왕관을 둘렀다. 그의 시는 열정적이고 재치 있으며, 목가적이고 언제나 조금은 '감상적'이다.

> 나의 시여, 날개를 활짝 펼칠 때다!
>
> 한 번의 비상으로 불멸의 궁륭을 찾아라.
>
> 때가 왔다… 나서라!
>
> 노호하는 벼락이 비추고
>
> 민중의 돌풍이
>
> 창을 날리니!

서정적이고 열광적인 위고는 라마르틴에게서 영감을 얻고, 대표적인 왕정주의자 시인 샤토브리앙을 여전히 존경해서 〈방데La Vendée〉라는 시를 그에게 헌정한다. 스승과 마찬가지로 그는 명예가 실추된 황제 '부오나파르트[9]'를, 세상을 뒤흔들고 "비천함 가운데 잠드는" "폭군"을 조롱한다. 나폴레옹 1세에 대한 그의 증오가 가라앉고 새로운 표적을 겨냥하기까지는 몇 년을 기다려야 한다. 새 표적은 나폴레옹 3세가 될 것이다.

숭고한 아이는 《오드》, 《발라드Ballades》로 문학의 무대를 정복하고, 파리의 살롱들에, 특히 샤를 노디에[10]의 살롱에 입성한다. 위고는 스무 살을 조금 넘긴 나이에 프랑스 혁명을 경험했고, 군주제 옹호자가 되었고, 셰익스피어를 좋아했으며, 주목할 만한 소설과 에세이 몇 편을 썼다. 1820년대 초, 노디에는 여섯 명의 동료들과 함께 낭만주의 원칙들을 옹호하는 문학잡지 〈라 뮤즈 프랑세즈La Muse française〉를 창간한다. 위고도 그들 틈에 있었다. 최초의 '세나클cénacle'이 탄생한다. 이 풋내기 낭만파 동인은 학파로 변해 젊은 천재 작가를 중심으로 정기 모임을 가진다. 노디에는 후배 작가 위고의 작업에 관해 잘 안다. 노디에는 그의 첫 소설 《아

---

9 나폴레옹 보나파르트의 원래 성姓. 샤토브리앙은 '부오나파르트'라는 이름으로 나폴레옹을 비판하는 풍자문을 썼다.

10 Charles Nodier(1780~1844), 프랑스의 소설가.

이슬란드의 한Han d'Islande》을 읽고 좋아했으며, 그를 품고 지지해주었다. 아르투아 백작(장차 샤를 10세가 될)과 가까이 지내던 노디에는 아르스날 도서관[11]으로 자주 위고를 초대했고, 위고는 매일 저녁 거기서 파리의 명사들을 만났다.

위고는 성숙해가고, 그의 낭만주의는 앙가주망의 색채를 띤다. 그는 1830년 여명기에 사회 불의에 관심을 쏟기 시작하면서 《어느 사형수의 마지막 날》을 출간하는데, 저자의 이름을 명기하지 않았다. 아직 그는 (이론상) 왕정주의자였고 왕실의 연금을 받고 있었기 때문이다. 그러나 서사적이며 관능적인 새 시집—《동방Les Orientales》—에서 그는 다시 한번 낭만주의의 부흥을 향한 "길을 가리키는" 자의 모습을 보인다. 위고는 낭만주의 행진을 시작했다. 그는 책 서문에서 오직 하나, 자유만을 옹호함으로써 그 행진의 리듬을 들려준다.

"예술에는 경계, 수갑, 재갈 따위가 필요 없다. 예술은 말한다. 가라! 그런 다음 당신을 금지된 열매가 없

---

11 1824년 노디에가 아르스날 도서관 관장직을 맡게 되면서 낭만주의 세나클 모임이 이 도서관에서 열린다.

는 거대한 시의 정원에 놓아준다. 공간과 시간은 시인
의 것이다. 따라서 시인은 하고 싶은 일을 하며 어디든
갈 수 있다. 그것이 법칙이다. 그가 유일신을 믿든 여
러 신을 믿든, 플루토[12]를 믿든 사탄을 믿든, 마녀 카니
디아[13]를 믿든 혹은 요정 모르간[14]을 믿든, 아니면 그 무
엇도 믿지 않든, 스틱스 강을 건너는 노잣돈을 지불하
든, 안식일을 지키든, 산문시를 쓰든 운문시를 쓰든, 대
리석 조각을 하든 청동을 주조하든, 어떤 세기 어떤 기
후에 서 있든, 남쪽 출신이든 북쪽 출신이든, 서양 출신
이든, 동양 출신이든, 고대 사람이든 현대 사람이든, 그
의 뮤즈가 시의 여신이든 요정이든, 토란을 둘렀든, 중
세의 상의를 걸쳤든 말이다. 시인은 경이롭도록⋯ 자
유롭다⋯. 우리도 시인의 관점으로 세상을 보자."

---

12 로마 신화에 나오는 명계의 신. 사자死者들의 나라의 지배자인 동시에 시하의
　　부富를 인간에게 가져다준다.
13 로마 시인 호라티우스의 시에 나오는 마녀.
14 아서 왕 전설에 나오는 아서 왕의 이복누이. 물의 요정이다.

10

위고와 여자들

위고는 여자를 열정적으로 사랑했다. 여자들은 곳곳에 있다. 그의 삶에, 책 속에. 대개 아름답고 전투적인 여자들이다. 분별력 있거나 우롱당한 여자, 화류계 여자거나 왕녀, 포학하거나 천사 같은 여자들. 그는 여자들을 찬미했고, 종종 이상화했으며, 주저 없이 옹호했다.

그의 주위엔 좋은 모델들이 있었다. 당연히 그의 어머니 소피 트레뷔셰가 그렇다. 그녀는 남편 레오폴드 위고 장군과 헤어진 뒤 책에 대한 사랑과 교회에 대한 증오를 품고 자식들을 교육했다. 그리고 그가 어려서부터 사랑했고 그의 사랑하는 아내가 된 아델 푸셰가 있다. 위고는 그녀 없이 살지 못하면서도 그녀에게 불충했다. 그후 쥘리에트 드루에가 있고, 작가가 오다가다 만난 다른 많은 '여자들'이 있었다. 그는 여자들의 매력에, 지성에 민감했고, 무엇보다 그들의 조건에 민감했다.

1872년 그는 어느 편지에 이렇게 썼다. "이런 말을 하려니 가슴 아프지만, 현재의 문명 속에도 노예가 있고 (…) 성스러운 존재가 있습니다. 자기 육신으로 우리를 만들고, 자기의 피로 우리에게 생명을 주고, 젖으로 우리를 키우고, 마음으로 우리를 채워주고, 영혼으로 비춰주는 존재 말입니다. 그 존재가 고통받고, 피 흘리고, 울고, 애타게 기다리며 떨고 있습니다. 아! 헌신합시다, 그 존재를 섬깁시다, 옹호합시다, 도웁시다, 보호합시다! 우리 어머니의 발에 입 맞춥시다! 머지않아 정의가 회복되고 실현되리라는 걸 의심하지 맙시다. 인간이 자기 자신에게만 인간인 건 아닙니다."

위고는 그 시대에 보기 드물게 양성평등을 지지하는 목소리를 낸 남성이었다. 그는 "여성이 민법적·상업적 (그리고) 형법적 책임, (…) 징역, (…) 도형, 지하독방형, 참수형의 책임을 지는 데는 적합"하다고 간주하면서 어떻게 여성의 온전한 자유를 인정하지 않는지 이해하지 못했다. 1855년 2월 24일에 쓴 〈추방자들을 위한 연설Discours aux proscrits〉에서 그는 '존중'이라는 말로 불평등의 문제를 제기한다. 수없이 목격한 장면들 가운데 한 가지가 그의 머릿속에 각인되었다. 테부 로에서 어느 매춘부가 분명한 이유도 없이 어떤 남자에게 얻어맞던 장면이다. 그날 저녁, 그는 그 일에 끼어들어 경찰서까지 가서 여자의 편에 서서 증언했다. 이 매춘부가 훗날 《레 미제라블》의 팡틴의 모델이 된다. 매춘 문제는 그의 앙가주망의 주된 축 가운데 하나가 된다.

그렇지만 신중한 태도를 고수해야 한다. 위고의 '페미니즘'은 실재적이긴 하지만 대단히 모호한 것으로 드러나기도 한다. 그의 머릿속에는, 그의 글에는 낭만주의적 표현들과 여전히 긴밀하게 결합된, 여성에 대한 환상적인 이미지가 끈질기게 남아 있다.《여러 세기의 전설La Légende des siècles》에서 시인은 여성을 범접할 수 없을 만큼 성스럽고 순결하고 "이상적인 진흙"으로 신성시한다. 여자는 남자에게 고통을 주기도 한다. 남자가 바라는 대로 사랑하지 않음으로써. 다른 한편으로, 양성평등의 문제는 작가가 좌파로 기울기 시작하던 1848년이 되어서야 제대로 제기된다. 그즈음 프랑스에서 최초의 페미니즘 움직임이 부상한다. 폴린 롤랑Pauline Roland 같은 여성들이 등장해 자기 목소리를 낸다. 잔 드루앵Jeanne Deroin과 데지레 게이Désirée Gay는 협회들에 활기를 불어넣고, 기사를 쓰고, 정치적으로 참여한다. 차츰 각성이 일어난다. 법률들을 바꿔 여성을 시민으로 인정해야 한다.

1851년부터는 프랑스에서 추방당한 위고의 정치적 참여가 더욱 확장되어 국경을 넘어선다. 그는 이듬해에 다른 추방자, 젊은 나이에 죽은 용감한 여성 루이즈 쥘리앵Louise Julien의 추도사를 맡는다. 그후엔 에스파냐 총독들의 탄압에 맞서 항의하기 위해 그에게 편지를 보낸 300명의 쿠바 여성들에게도 지지를 보낸다. 그는 〈여성의 권리Le Droit des femmes〉라는 신문의 편집장인 레옹 리셰Léon Richer와 편지를 주고받고, 1871년 파리코뮌에 불을 붙인 여성 루이즈 미셸Louise Michel에게 〈비로 마조르Viro Major〉라는 숭고한 시 한 편을 헌정하며 그녀를 옹호한다.

맹렬하고 위풍당당한 이 브르타뉴 출신의 젊은 여교사는 문학에 대한 열정을 드러내며 자주 빅토르 위고에게 사적인 글을 보내 조언을 구하곤 했다. 다른 많은 코뮌 참가자들처럼 체포되어 뉴칼레도니아로 유형을 간 그녀는 유배라면 누구보다 잘 아는 사람에게 이런 말을 한다. "선생님 주변의 모든 사람이 쓰러지는 걸 보니 선생님이 참으로 위대해 보입니다."

여성을 바라보는 위고의 시선에 종종 과도함이 있긴 하지만 결코 악의는 없다. "18세기는 남성의 권리를 주장했다. 19세기는 여성의 권리를 주장할 것이다." 이것이 이 "자존심 강하고 온화한 성性"이 머지않아 도약하리라는 걸 아는 작가의 뿌리 깊은 희망이었다. 세상을 뜨기 몇 년 전, 그는 "승리는 그대들, 여성들에게서 올 것이다"라고 어느 편지에 쓴다.

11

신

빅토르 위고는 세례를 받지 않았다. 영성체도 하지 않았고, 교리문답 교육에도 참석하지 않았고, 미사에 참석하는 것도 좋아하지 않았다. 그러나 마음속 깊이 신을 믿었다. 아주 어린 시절부터 그랬다.

젊은 시인이던 시절, 그는 샤토브리앙(《그리스도교의 정수》의 저자)의 발자취 안에 자리 잡고, 스스로 가톨릭 왕정주의자라 선언했다. 그러나 아델에게 쓴 초기의 연애편지에는 그의 어머니 소피 트레뷔셰와 마찬가지로 정신적 자주성을 지킨 채 종교적 신념을 신중하게 표현했다. "고백건대 나는 관습의 정신, 공동의 믿음, 전통적 신념 따위를 그나지 중요하게 여기지 않아요." 그는 1821년에 이렇게 선언한다. 실제로 그의 신은 일반적인 면이 전혀 없다. 그 신은 가톨릭 종교에만 한정되지 않는다. 위고는 자신을 자유사상가로 규정하고, 고통스러운 일들을 겪고도 세월과 더불어 굳건해진 개인적 열정을 창조주에게 바친다. 성스러운 텍스트—성서는 물론이고, 1840년 중반에 발견된 코란까지도—의 열렬한 독자인 위고는 주위에서, 특히 자연에서 태양의 힘을 통해 신을 보는 범신론자이기도 하다.

1827년 《어느 사형수의 마지막 날》에 진지한 의문들이 표현된다. 화자는 처형장으로 가는 길에 그에게 축복을 내리러 온 사제와 마주한다. 그러나 그 "천편일률적인 말"은 불안을 가라앉히지 못하고 죄수에게 와닿지 않는다. 그는 자문한다. "신부의 목소리엔 감동적인 면도, 감동한 듯한 면도 전혀 없으니 어찌 된 걸까?" 불행한 이의 손을 잡아주는 대신 라틴어로 쓰인 글을 인용하는 성직자의 말을 위고는 단 몇 문장을 통해 무가치한 것으로 깎아내린다. "신은 내가 믿어야만 나에게 증인이 된다. 그런데 저 늙은이는 나에게 무슨 말을 한 거지? 느껴지는 것 하나 없고, 마음이 움직이는 바도 없다, (…) 그의 마음에서 나와 내 마음으로 전해오는 것이 아무것도 없다."

성직자에 대한 이런 과민반응은《파리의 노트르담》의 부주교 클로드 프롤로가 정절 문제로 괴로워하는 장면을 묘사한 대목에서도 드러난다. 이 묘사는 1851년에 보완된다. 파리의 주교가 나폴레옹 쿠데타를 승인하고 축하했다는 사실을 작가가 알았을 때다. 얼마 전 망명하고 가톨릭 종교와 상징적으로 단절하기로 마음먹은 작가로서는 참을 수 없는 일이었다. 그의 앞에 새로운 길이 열렸다. 그의 영성은 내세―혼백과 유령들의 세계―의 탐험과 긴밀한 관계 속에 꽃을 피울 것이다.

1853년 즈음 그가 저지 섬에 체류하는 동안, 심령술로 움직이는 탁자에 대한 경험이 그의 측근들의 소일거리가 된다. 시인은 몇 년 동안 떠나지 않는 슬픔에 빠져 지낸다. 그의 딸 레오폴딘이 남편과 함께 빌키에에서 익사한 것이다. 심령 모임은 딸을 데려다주지는 못하지만 딸과 대화를 나누게 해준다. 레오폴딘에게 헌정한《관조》의 한 장章, 시인이 자식을 앗아간 잔인한 신에게 격렬하게 화를 내는 장에서 '파우카 미에 Pauca meae'[15]의 분노는 쏟아내간다. 그러나 이제 어떻게 할까? 신을 믿지 말아야 할까? 아니다.《내 삶의 추신Post-scriptum de ma vie》에서 그는 "믿는 건 어려운 일이지만 믿지 않는 건 불가능한 일이다"라고 말한다.

위고는 신의 의지를 받아들인다. 《관조》 말미에서 그는 신의 존재를 의심하지 않는다고 단언하며 무릎을 꿇는다.

> 믿어 마땅한 주님, 제가 당신께 다가갑니다.
> 당신의 영광을 가득 담은 이 마음의 말들을,
> 당신께서 꺾어놓으신 이 마음을,
> 가라앉히고 당신께 바칩니다.
> 제가 당신께 다가갑니다! 고백건대 당신은
> 선하고 관대하시며 너그럽고 온화하십니다. 오 살아 계신 신이시여!
> 당신께서 하시는 일은 오직 당신만이 아심을 인정합니다.
> 인간은 한낱 바람에 흔들리는 골풀임을 인정합니다.

신의 전지전능함은 이론의 여지가 없는 사실로 제시

---

15 '이제 내겐 남은 것이 아무것도 없네'라는 뜻의 라틴어.

된다. "우리가 살고 있는 사회와 영혼의 이 기이한 쇠락 상태 (…)", 인간에겐 신이 무한히 필요하다. 개인들의 정치적·사회적 운명에 대해 성찰하며 보낸 유배의 세월은 그를 더 멀리 이끈다. 위고는 창조주에게 부여하는 임무를 자기 작품에 부여한다. 책은 가장 많은 사람을 감동시킬 수 있어야 한다. 문학은 우리가 믿어야 할 새로운 종교다. 그에게 남은 건 오직 하나의 과업—"인간적인 성서"를 구상하는 것—과 그의 유언에 적힌 마지막 의지뿐이다. "나는 가난한 이들에게 5만 프랑을 내놓고 그들이 타는 영구차에 실려 무덤까지 가길 희망한다. 모든 교회의 추도 기도를 거부하며, 모든 영혼들에게 기도를 부탁한다. 나는 신을 믿는다."

12

리비도

건지 섬에서 유배 생활을 하는 동안 빅토르 위고가 라틴어로, 에스파냐어로 암호처럼 써온 검은 수첩이 있다. 거기에는 위고의 성적性的 위업이 세심하게 기록되어 있다.[16] 그의 침대를 거쳐간 여성들의 이름, 날짜, 때로는 장소까지, 그리고 그가 그 여성들과 한 일까지 모든 것이 적혀 있다.

우리가 전혀 알지 못하는 엘리자 그라피요Élisa Grapillot에 관해 그는 이렇게 적고 있다. "EG. Esta Manana.

---

[16] 이 메모에 대한 해석은 오늘날까지도 엇갈리고 있다. 앙리 기유맹은 그의 책 《위고와 성性Hugo et la sexualité》(갈리마르, 1954)에서 이 메모에 대한 세세한 해석을 내놓았는데, 그로써 절대적 진실이 아니라 독자에게 하나의 이해 가능성을 제공한 것이다. 이 내밀한 내용을 파악하는 건 독자 개개인의 몫이다. 정의상 사적일 수밖에 없는 내밀함이지만, 그럼에도 빅토르 위고는 그것을 공유하길 바랐다. 그가 죽은 뒤 이 수첩들을 모두 국립도서관에 유증해달라고 청한 것을 보면 말이다.(-원주)

Todo." '엘리자 그리피요. 오늘 아침. 전부'라는 의미다. 엘렌Hélène이라는 여자에 대해서는 조금 더 자세히 쓴다. "발가벗은 헬레나. 워털루 기념일. 전투 승리." 그는 계속 은유를 사용한다. 가슴을 지칭할 때 그는 산악지대에 비유한다. "1868년 1월 9일, 안, 스위스의 새로운 풍경." 여성의 성기를 환기할 때는 모든 의심을 걷어낼 만한 표현을 고른다. "11월 9일, 안 타통의 골짜기를 (…) 보았다. 1868년 4월 19일, 리에트클랑슈의 숲을 다시 보았고, 지하실까지 내려갔다. 거기서 쇼세당탱의 은둔지를 발견했다."

사이사이 끼어드는 여담 같은 연애들에 쓴 돈으로 그가 제시하는 수많은 숫자는 더욱 놀랍다. 몇몇 연애에는 상당히 큰 비용이 들었는데, 빅토르 위고가 자신에게 기쁨을 주는 여성들에게 보답하는 데 명예를 걸다시피 했기 때문이다. 여자가 옷만 벗을 때는 동전 하나부터 포옹이 시작되면 4~5프랑까지. 여자들에게 돈을 주었다는 것은 그가 그들에게 쏟은 관심을 증언해준다. 그가 여자들의 부탁을 들어주는 일도 드물지 않았다. 그들에게 옷이나 석탄을 사주기도 하고, 또 다른 가난한 여성들에게 의사 비용을 대주기도 했다.

빅토르 위고는 대단한 유혹자여서 예쁜 여자의 품에서 보낼 순간을 위해서라면 무엇이든 시도했을 것이다. 그는 스스로 "사랑에 있어서는 헌책방 주인이 아니"라고 조심스레 털어놓았으며 젊은 여자들을 좋아하는 편이었다. 그의 강도 높은 성생활을 보면, 그가 청소년 시절 여성의 내밀한 비밀을 파악하고자 하는 희망을 품고 리슐리외 로 청동상들의 아랫도리를 바라보았으며, 스무 살에 결혼할 때까지 동정이었다는 사실을 잊게 된다.

행복한 결혼생활을 하다가 생트뵈브와의 괴로운 사건이 일어난 몇 년 후, 위고는 아내 아델에게서 눈을 돌려 젊은 여배우들을 좋아한다. 쥘리에트 드루에와 한동안 육체적 열정을 이어간다. 두 사람이 나눈 서신이 그 관계를 증언해준다. "내 사랑, 내가 당신을 얼마나 크고 굵게 사랑하는지 당신은 알 거예요. 내가 당신을 세세히 사랑하길 바란다면 뇌브코크나르 로 35번지에 가장 먼저 다녀가는 영광을 나에게 안겨주세요. 거기서 나는 당신이 갖고 싶어 할 모든 걸 내줄 거예요."

쥘리에트는 위고의 망명길에도 따라나서고, 위고는 채널 제도에서는 유혹이 없을 거라고 생각한다. 그러나 거기서도 그는 젊고 아름다운 여자들에게 매료되고 때때로 유혹을 받는다.

집중적인 글쓰기가 시작되면 육체의 욕망은 한결 잦아들었다. 그러나 그의 남성적 전능함은 다른 형태로 표현되었다. 오트빌 하우스의 꼭대기 층에 자리한 '선장실'에서 몇 시간이고 종이에 격렬한 문장들을 쏟아내는 그를 상상해보아야 한다. 그에겐 거대한 작업을 해낼 힘이 있었다.

리비도는 그의 창작의 원천으로, 나이가 아주 많이 들어서까지 그를 떠나지 않았다. 그의 연애를 지켜보며 쥘리에트는 자신이 사랑하는 남자가 "다나오스의 딸들의 물독"[17]에 빠져 점차 허덕이는 모습에 지치고 슬퍼했다.

1870년대 초, 그는 마지막으로 열정을 쏟은 여자 중 한 명인 블랑슈 랑뱅을 만난다. 당시 그녀는 스물한 살

17 50명이나 되는 다나오스의 딸들 가운데 49명은 아버지의 명령에 따라 결혼식 날 밤에 남편을 죽였고, 밑 빠진 물독에 물을 채우는 벌을 받았다.

이었고, 시인은 거의 일흔 살에 가까웠다. 노화도 그를 멈춰 세우지 못했다. "남자가 할 수 있는 한, 여자가 원하는 한." 이런 말을 그의 메모에서 읽을 수 있다. 1885년 봄이라고 적힌 마지막 수첩에 위고는 성관계를 할 때마다 기록을 한다. 4월 5일이 마지막이다. 그리고 그해 5월 22일에 여든세 살로 사망한다.

13
나폴레옹 1세

위고 가족에게 정치는 곧 가정사다. 빅토르가 아직 어렸을 때는 두 진영이 대적했다. 왕정주의자들(어머니 소피가 대표한)과 나폴레옹파(제국의 장군이었던 아버지 레오폴드가 지지한). 정치적 견해의 대립도 이 부부가 갈라서는 데 한몫해서, 부부는 벌써 몇 년 전부터 별거 중이었다. 빅토르는 어머니와 살았는데, 어머니는 전통을 극도로 고수하며 아들을 교육했다. 빅토르는 매우 일찍부터 문학에, 특히 샤토브리앙―역시나 부르봉 왕가를 지지한―에 열정을 보였다.

　젊은 작가는 프랑스 왕들을 숭배하며, 특히 '부오나파르트'의 저주스러운 얼굴을 증오하며 자랐다.

　1822년, 그는 단어 하나하나를 세심하게 골라 쓴 오드[18] 한 편을 나폴레옹에게 바친다. 그 시에서 나폴레옹 1세는 한낱 "폭군"이고, "비천함 가운데 잠든" "오만한 자", 왕좌들을 수집하기 위해 세상을 짓밟는 거만한 "전제군주"다. 의기양양한 태도로 군중에게 인사하는 황제의 낡아빠진 이미지와는 거리가 멀다. 하지만 《가을 낙엽》에 묘사된 위고의 어린 시절 기억 중 하나는 다음과 같다.

어느 날 팡테옹에서 큰 축제가 열렸고,

일곱 살이던 나는 나폴레옹이 지나가는 걸 보았다.

......

행렬의 선두에 황제가 나타났을 때,

성스러운 공포로 나를 사로잡은 것,

......

그가 지나가는 길에 울려 퍼지던 함성이

내 어린 기억 속으로 사라지고 난 뒤에도

나에게 각인되어 남은 것은

그 위풍당당한 인간이

---

18 장중하고 열정적인, 비교적 장문의 서정시.

그 영광의 팡파르 가운데 말없이 근엄한 얼굴로

무정한 신처럼 지나가는 모습이었다!

황제의 웅대함이 시인의 펜 아래에 나타나는 걸 다시 보려면 1823년이 되기를 기다려야 한다. 그 사이 빅토르는 어머니를 잃었고, 만나지 못하던 아버지와 다시 가까워졌다. 두 남자는 화해했고, 서로 이해했다. 〈나의 아버지에게〉에서 아들은 나폴레옹 군대를 향한 예찬을 털어놓고 아버지의 영광을 노래한다.

때때로 나는 당신의 검을 쥐길 꿈꿉니다.

오 나의 아버지! 나는 벅차오르는 열정에 휩싸여

시드[19]의 나라로 우리의 명예로운 병사들을 따라갑니다.

위고는 단 몇 구절의 시로 보나파르트와 레오폴드를 복원하고, 이제 그들을 "나의 아버지, 이 영웅…"이라고 부른다. 왕정주의 신념을 버리고 차츰 공화주의 이

19 El Cid(1043?~1099). 무어인과의 싸움에서 이름을 떨친 중세 에스파냐의 명장
名將.

념에 매료되며, 심지어 대제국의 향수에 젖은 이들의 편에도 선다. 《레 미제라블》에서 그는 "천둥 치는 재능"에 경의를 표하고, 《오드와 발라드Odes et Ballades》에서는 "두 섬"에서 태어나고 죽은 자에게, 글자 그대로 그 존재가 "섬처럼" 유일한 자에게 경의를 표한다.

위고는 신화적인 전투들에 열광한다. 워털루 전투는 그가 보기에 "어마어마한 스펙터클"이어서 《레 미제라블》에서 그 전투를 묘사하는 데 한 장을 할애한다.

"사단별로 정렬한 기병대가 검을 뽑아들고, 깃발을 펄럭이고, 트럼펫을 불면서, 좁은 길을 여는 청동 숫양처럼 한 몸인 양 똑같이 움직이며 벨알리앙스 언덕을 내려왔다. (…) 거기서 연기에 묻혀 사라졌다가 어둠에서 나와 골짜기 반대편에 다시 모습을 드러냈다. 여전히 한 덩어리처럼 밀집한 채 (…) 기병대는 근엄하고 위협적이며 냉철한 모습으로 올라갔다 (…). 고원의 능선 너머에서 (…) 영국 보병대는 (…) 3000마리의 말이 내는 소리, 질주하는 말발굽이 땅을 차는 규칙적이고 균형 잡힌 소리, 갑옷 스치는 소리, 검들이 부딪치는 소리, 그리고 거친 숨결이 점점 가까워지는 소리를

빅토르 위고와 함께하는 여름

들었다. 무시무시한 정적이 흐르더니 별안간 (…) 잿빛 수염을 기른 3000개의 머리가 외쳤다. '황제 만세!' (…) 마치 지진이 입장하는 듯했다."

이 대목을 쓸 때 소설가는 마침 워털루에 있었다. 1861년 5월 18일, 그는 황제의 기일을 기념해 처음으로 그곳을 방문한다. 그리고 옛 전장을 바라보면서 자신의 위대한 책에 마침표를 찍는다. 바로 이 시기에 작가는 다른 보나파르트—'꼬마'—를 저주한다. 그는 이 보나파르트에 맞서 당대의 탁월한 풍자문 작가로서 능력을 발휘한다.

14
꼬마 나폴레옹

1851년 12월. 보나파르트파의 쿠데타가 공화정의 꿈을 말살했다. 빅토르 위고는 군대에 쫓겨 프랑스를 떠나 벨기에로 갔다. 망명이 시작된다.

브뤼셀에서 이 저항 작가는 진정한 도화선이 될 글을 집필한다. 그 글의 제목은 〈꼬마 나폴레옹Napoléon le Petit〉으로, 나폴레옹 '1세'의 조카를 향한 분노의 외침 형식의 풍자문이다. 이 '배신자'는 1848년의 대통령 선거에서 위고가 신임했던 인물이다.

그 선거 때는 그의 경쟁자 외젠 카베냑Eugène Cavaignac 장군이 승리하는 걸 무슨 수를 써서라도 막아야만 했다. 그리고 모든 것이 제대로 작동했다. 루이 나폴레옹 보나파르트는 대통령에 선출되고 "민주적 공화정에 충실하겠다"고 서약했다. 그후 위고는 엘리제 궁에서 그와 단둘이 저녁 식사까지 했다. 두 남자는 다정한 침묵 속에서 서로를 존중했다. 그러나 야심만만한 대통령은 이미 자신의 임기가 끝날 때를 상상하고 있었고, 그걸 가로막을 헌법 개정을 요구했다. 이때 국회의원이었던 위고는 재앙을 내다보고 연단에서 이렇게 말했다.

"이 무슨 일입니까! 황제를 거치고 났는데 또 황제라니! 대체 무슨 말입니까! 우리가 위대한 나폴레옹을 겪었으니 꼬마 나폴레옹도 겪어야 한다는 겁니까!"

적절한 표현을 찾았다. 이제는 우스우면서도 격렬한 글로 이 표현에 실체를 부여해야 한다. 이 책의 키워드는 배짱이다. 이 책에서 새 황제는 "해적"의 모습으로 묘사된다. 때때로 그는 "천박하고, 유치하고, 작위적이며 경박하다". 때때로 그가 하는 정치적 행동은 하나마나 한 것이다.

"이 독재자가 분주히 움직입니다. 그에게 정의를 돌려줍시다." 작가는 말한다. "그는 잠시도 가만히 있지 못합니다. 주변에서 고독과 어둠을 느끼고 겁을 냅니다. 밤이 두려운 이들은 노래를 하는데, 그는 분주히 움직입니다. 미쳐 날뛰고, 온갖 것을 건드리고, 이런저런

계획들을 좇아 달리지만 무엇 하나 창조해내는 것 없이 포고합니다. 자신의 무능함을 감추려고 기를 씁니다. 쉬지 않고 움직이지만, 딱하게도 헛도는 바퀴일 뿐입니다."

이 풍자문이 벨기에에서 출간되어 큰 반향을 일으키면서 위고는 그 나라를 떠나지 않을 수 없게 된다. 새 거주지를 찾아야만 했다. 영국, 그리고 저지 섬이 그의 새 거주지가 된다. 그는 추방당하는 것은 개의치 않았다. 의무를 다하겠다는 굳은 신념이 있었기에 그는 자신의 책이 프랑스에 은밀히 도착했다는 걸 알고 기뻐한다. 그의 신랄함은 산문에 머물지 않는다. 정치적 급박함이 그를 다른 문학의 장으로 이끈다. 1853년에 그는 《징벌》을 출간한다. 이 "위협적이고 단순한" 제목은 자연스럽게 붙여졌다. 책에 실린 98편의 시에서 그는 내내 "추잡한 난쟁이"를 조롱하며 파괴 작업을 이어간다. 시인은 페이지마다 민중을 호출하며 음지에서 빛으로 인도하고 싶어한다.

깨어나라, 치욕은 이제 끝났다!

포탄과 총탄에 용감히 맞서라!

마침내 파도가 일 때가 되었다.

시민들이여, 치욕은 이제 끝났다!

빅토르 위고에게는 끝난 것이 아무것도 없다. 이것이 그의 작품의 토대가 되는 생각이다. 모든 건 변할수 있다. 발전도 도래할 수 있다. 역사는 결코 굳어 있지 않다. 도전이란 두려워하지 않는 것이고, 실패를 받아들이고 계속 나아가는 것이다. 이것이 《징벌》의 뜨거운 시 〈울티마 베르바Ultima Verba(마지막 말)〉의 의미다. 빅토르 위고는 이 시에서 모두에 맞서 홀로 미래를 향해 몸을 돌린 선지자를 자처한다.

나는 모진 유배를 받아들인다, 기한도 끝도 없을지라도.

굳세리라 믿었던 누군가가 굴복했는지

머물러야 마땅한 여러 사람이 떠나갔는지

이젠 나와 함께하는 이가 천 명뿐인지 아니면

백 명뿐인지 알려고 하지 않고, 생각조차 하지 않고

나는 여전히 스킬라에 맞선다.

열 명만 남는다면 내가 그 열 번째 사람이 될 것이고

한 명만 남는다면 내가 그 한 명이 될 것이다!

15

쥘리에트 드루에

쥘리에트 드루에는 "순정한" 코에 "다이아몬드가 박힌 듯한" 눈, "밝고 차분한" 이마, "풍성한 검은" 머리카락을 가졌다. 위고 진영의 충직한 친구 중에서도 충직한 테오필 고티에가 그린 초상이다. 그는 〈마드무아젤 쥘리에트〉에서 50년 가까이 위고의 곁에서 지낸 유명한 정부情婦의 모습을 묘사한다.

드루에는 예명이다. 본명은 고뱅Gauvin으로, 조각가 프라디에Pradier와의 사이에 클레르라는 이름의 딸이 있다. 그녀는 배우로서 파리에서 소소한 계약들로 생계를 꾸렸는데, 연기보다는 미모로 관중을 홀리는 편이었다. 《내면의 목소리들Les Voix intérieures》에서 말했듯이, 빅토르 위고는 1832년 첫 만남 때 그녀의 매력에 깜짝 놀랐다.

그녀의 모든 것이 빛나는 불 같고, 웃는 열정 같았다

……

그녀는 불새처럼 이리저리 오가며

미처 깨닫지 못한 채 여러 사람의 마음에 불을 붙였다

……

너는 그녀를 바라보며 감히 다가가지 못했다,

화약통이 불꽃을 겁내듯이.

이듬해에는 쌍방향으로 불꽃이 튀었다. 포르트 생마르탱 극장에서 여러 배우와 함께한 자리에서 《루크레치아 보르자Lucrèce Borgia》를 처음 읽을 때였다. 위고는 프랑스 연극계의 새로운 주인공이었다. 이날 그는 《에르나니》의 영광을 후광처럼 두르고 나타났고, 쥘리에트는 그에게서 눈을 떼지 않았다. 그녀는 네그로니 왕녀 역할을 거머쥐었고, 얼마 지나지 않아 극작가의 품에 안겼다. "1802년 2월 26일 나는 삶에 눈을 떴다오." 1874년에 위고는 그녀에게 썼다. "1833년 2월 17일에는 당신의 품속에서 행복에 눈을 떴소. 첫 날짜는 그냥 삶이고, 둘째 날짜는 사랑이라오. 사랑하는 건 사는 것이상이지."

위고는 그녀에게 필요한 것을 대주고, 빚을 갚아주고, 그녀를 형편없는 배우로 평가하는 극장장들의 의견에 맞서 그의 작품에서 역할을 보장해주었다. 연인이자 뮤즈로서 그녀는 《황혼의 노래Les Chants du crépuscule》의 가장 아름다운 몇몇 페이지에 영감을 불어넣어주었고, 그가 가는 곳마다 따라다녔다. 두 사람은 함께 유럽을 횡단하고, 독일을, 라인 강을, 에스파냐를 발견했다. 위고가 자기 가족에게 가도 쥘리에트는 결코 멀리 떨어지는 법 없이 그의 집 가까이에 머물렀다. 전하는 이야기에 따르면, 소유욕 강한 연인인 위고가 어느 날엔 밖으로 나가지 못하게 그녀를 집에 가두고 문을 잠갔다고 한다. 쥘리에트는 그의 행복에 전적으로 헌신했으며, 그의 일상적인 동반자가 되길 기대하고, 연인에게 무조건적이고 고통스럽고 거의 신적인 집착을 보였다.

"나는 당신이 잔에 남긴 모든 걸 마셨고, 당신이 남긴 닭날개도 갉아먹었고, 당신의 칼을 썼고, 당신 숟가락으로 먹었어요. 당신의 잘생긴 머리가 놓였던 자리에 입 맞췄고, 당신의 지팡이를 내 방에 두었어요. 나는 당신 가까이에 있던 모든 것에 에워싸이고 젖어 있어요."

그러나 위고는 만족할 줄 몰랐다. 여자들에 대한 사랑이 그를 또 다른 관계들로 내몰았다. 레오니 비아르 Léonie Biard를 향한 그의 열정은 가장 강렬한 관계 중 하나였다. 어느 화가의 약혼녀였던 젊은 미녀 레오니 비아르는 새 아카데미 회원에게 매료되었고, 그 역시 미칠 듯한 사랑에 빠졌다. 쥘리에트는 이들의 순정에 대해 전혀 알지 못했다. 심지어 두 연인이 불륜 현장에서 붙들렸을 때조차도. 1845년의 일이다. 이제 막 프랑스 귀족원 의원이 된 위고는 무죄로 석방되지만 레오니는 6개월 동안 수녀원에 갇힌다.[20] 그녀가 자유로운 몸이 되자 두 사람의 사랑은 다시 불붙는다. 아델은 그들의 관계를 받아들이고, 심지어 그녀가 그다지 좋아하지 않는 쥘리에트가 위고에게서 떨어지도록 그 관계를 부추기기까지 한다. 그러나 쥘리에트는 버틴다. "나는 정말로 사랑이 너무 커서 자존심이 한 톨도 없답니

---

20 레오니 비아르의 남편이 미행을 붙이는 바람에 두 사람은 호텔에서 체포되었고, 귀족원 의원인 위고는 면책특권으로 풀려났으나 레오니 비아르는 생-라자르 교도소에서 두 달을 산 뒤 수녀원으로 이송되었다.

빅토르 위고와 함께하는 여름

다. 나는 곳곳에서 행복을 발견하고 주워요. (…) 내 자존심과 오만은 오로지 당신을 사랑하는 데 있어요."

1846년 그녀 딸 클레르의 갑작스러운 죽음이 두 사람의 관계를 되살린다. 그녀는 3년 전 레오폴딘을 잃은 위고와 같은 슬픔을 공유한다. 질투는 잊힌다. 이제 두 연인은 심지어 나폴레옹 쿠데타에도 맞서서 함께 나아간다. 쥘리에트는 추방당한 작가의 망명길에 따라나설 뿐 아니라, 그의 도피를 준비해준다. 그를 위해 모든 걸 한다. 그를 기다리고, 돕고, 사랑하고, 도를 넘는 행동마저 감내한다. 그녀는 위고가 유혹과 맺는 관계의 본질을 이런 말로 요약했다. "당신은 여자의 생생한 상처를 아파해요. 그 상처가 점점 커지는 건 당신이 그걸 확실하게 태울 용기가 없기 때문이죠. 나는 당신을 너무 사랑해서 아파요. 우리는 각자 불치병을 앓고 있는 거지요."

쥘리에트 드루에는 아델이 죽고 나서도 살아남아, 사랑하는 남자와 같은 지붕 아래에서 몇 년을 살다가 1883년에 사망했다.

16

《레 미제라블》

"그는 작은 투쟁들에서 많은 큰일을 한다. 불가피와 파렴치의 치명적 엄습에 맞서 어둠 속에서 한 발 한 발자신을 지켜내는 끈질긴 무명의 용자勇者들이 있다. 어떤 눈길도 바라보지 않고, 어떤 명성도 보답하지 않으며, 어떤 팡파르도 경의를 표하지 않는 고귀하고 신비로운 승리들. 삶, 불행, 고립, 버림, 가난은 자기들만의영웅을 가진 전장戰場이다. 때로는 이름난 영웅들보다더 위대한 어둠의 영웅들을."

아마도 이것이 빅토르 위고가 자신의 소설에 제시한최고의 정의일 것이다. '가난한 이들'의 절망에 빛을비추고 불행한 이들을 위대한 영혼의 대열로 끌어올리는 소설《레 미제라블》에 말이다.

카리스마 넘치는 그의 영웅의 이름은 장 발장이다.

'장년의' 이 남자는 빵을 훔친 죄로 지옥 같은 감옥에서 20년을 보내고 이제 막 자유를 되찾았다. 그는 비앵브뉘 주교를 만난다. 주교는 모든 사람 가운데 처음 인정 어린 눈으로 그를 바라보고 그에게 기회를 준다. 장 발장은 행운의 별을 좇아 마들렌 씨로 신분을 바꾼다. 재산을 모으고, 작은 도시 몽트뢰유쉬르메르의 시장이 된다. 이렇게 지위가 상승하면서 그는 힘 있는 자들의 악의에 희생당하는 아름다운 여인 팡틴을 만난다. 그는 그녀의 어린 딸 코제트를 자기 자식으로 받아들인다. 기필코 그를 체포하려는 음험한 자베르 경감과 1830년 혁명의 꿈을 품고 있는 마리우스도 그의 인생 여정에 등장한다. 1000페이지에 달하는 이 소설은 한 인간의 속죄의 기록이다. 장 발장은 자신의 의지와 기독교 신앙의 힘으로 "운명의 검은 맥"과 싸워 더 나은 인물이 되려 애쓴다.

1862년에 출간된 이 책은 열풍을 일으킨다. 책을 사겠다는 독지들이 서점 입구에서 몇 시간씩 기다리고, '빅토르 위고의 새 책'을 사려고 여럿이 돈을 모으기도 한다. 저마다 소설 속 사건들을 이야기하고, 인물들의 삶에 대해 걱정한다. 소설이 유례없이 잘 팔려 출판사는 12개국에서 번역본을 출간하는데, 저자가 **진짜로** 가난한 이들에게 책을 팔아 부자가 되고 있다는 비난도 쏟아진다. 질투가 공공연히 표출된다. 바르베 도르빌리Barbey d'Aurevilly는 "케케묵은 복음주의 교훈"이라며 격분하고, 플로베르는 "가톨릭-사회주의적 사기"라며 경쟁자를 비방한다. 보들레르는 자기 어머니가 이 책을 혐오스러워했다고 털어놓고는 오랜 친구에게는 반대의 말을 한다. 알렉상드르 뒤마는 경구 감각을 발휘해 이렇게 말한다. "각 권이 산으로 시작해 쥐로 끝난다."

그러나 그 무엇에도 바위는 끄떡없었다. 빅토르 위고는 비방자들에게 미소를 지었다. 중요한 건 그런 것이 아니기 때문이다. 그는 자신의 꿈을 실현했다. 민중을 **위해** 글을 쓰는 것, 민중을 낱낱이 **창조하는** 것, 민중이 앞으로 나아가 자기실현을 하도록 돕는 것, 민중이 도약하도록 기회를 부여하는 것 말이다. 위고는 이상주의자도 마법사도 아니지만, 사회의 불의에 맞서 싸울 수는 있다고 깊이 믿었다. 그는 '미제라블'들이 벗어날 수 없는 운명 속에서 살도록 선고받았다고 보지 않았다. 더없이 난폭한 인간도 더없이 여린 여자아이로 인해 인간미 넘치는 사람으로 바뀔 수 있다는 것이 바로 그 증거다.

"어째서 장 발장의 삶은 그토록 오랫동안 코제트의 삶과 긴밀히 연결되었을까? 이 남자와 이 아이를 만나게 한 신의 어두운 섭리는 무엇이었을까? (…) 범죄와 무고는 가난이라는 불가사의한 도형장에서 감방 동료가 될 수 있지 않을까? 우리가 인간의 운명이라고 부르는 사형수들의 행렬에서 두 전선이 나란히 지나갈 수 있는 것 아닐까? 한쪽은 천진하고 다른 쪽은 무시무시하고, 한쪽은 새벽의 순백에 젖어 있고 다른 쪽은 영원한 번개의 섬광에 파랗게 질린 두 전선이? 설명할 길 없는 이 짝을 누가 결정했을까? 어떤 방식으로, 어떤 기적으로 이 천상의 소녀와 늙은 죄수가 인생 공동체로 묶이게 되었을까?"

《레 미제라블》은 매혹적인 소설이다. 오늘날까지도 빅토르 위고의 책 가운데 가장 많이 읽힌 책이며, 영화로 가장 여러 번 각색된 고전문학 중 하나다. 서사의

폭을, 언어의 아름다움을, 그리고 빅토르 위고가 마지막에 남겨둔 비밀을 포착하려면 이 책의 페이지를 계속 넘겨야 한다. 그 비밀은 다름 아니라 인간을 구하는 건 사랑이며 더없이 비참한 인간을 역사의 진정한 주인공으로 만드는 것 또한 사랑이라는 것이다.

17

"말은 생물이다."

"그대가 누구든, 책을 읽으며 생각에 잠기는 이라면 그대에게 내 작품을 헌정한다." 빅토르 위고는 이 말을 하고도 이것이 얼마나 적절한 표현인지 미처 알지 못했다. 어떤 독자라도 그가 쓴 글을 마주하고 그가 쓴 방식을 접하면 생각에 잠기게 된다. 위고는 하나의 정신이고 목소리이며, 하나의 동사이고 낙관落款이다. 저항에서, 불복종에서, 인간의 미래를 위하고 모든 규율에서 해방된 문학을 위한 글을 쓰려는 욕구에서 그의 낙관을 찾아야 한다.

시, 소설, 에세이, 정치 풍자문에서 그는 말을 무기로 변환했다. 그가 찾는 것은—1859년 2월 딸 아델에게 보낸 편지에서 털어놓았듯이—"야만적인 힘에 맞서는 지성의 반격. 대포에 맞서는 잉크병이다." 말은 소리가 아니라 행위다. 저자는 책을 쓰는 것이 아니라 "외침을 내지른다." 독서는 점호로 변한다. 절대적 필요와 물음과 파열이 곳곳에 존재한다. 말은 만지고 흔들고 깨운다.

보기 드물게 거창한 담론이 위고를 고무했다. 그는 사형제에 대해 말하고, 프랑스 연안의 강화와 수호를 열띤 어조로 주장하기도 했다. 그의 펜은 서정적이며, 슬픔에 사로잡혀 있을 때조차 강력하다. 나폴레옹 쿠데타의 여파로 1852년 프랑스를 떠난 뒤에 쓴 시집 《징벌》에서 그는 "나는 휘지 않을 테다!"라고 말한다.

입속에 불평을 머금지 않고,
담담하게, 슬픔일랑 마음속에 묻어둔 채 무리를 멸시하며
나는 야만적인 유배 가운데 그대들을 끌어안으리.
조국, 오 나의 종교여! 자유여, 나의 깃발이여!

'마지막 말Ultima verba'은 슬픔보다 강하다. 그것은 앞으로 계속 나아가게 해준다. 위고는 《관조》에서 그것을 '생물'에 비유한다.

말은 집어삼키며, 무엇도 그 이빨에 버티지 못한다.

영혼과 빛이 도와 말의 숨결에서

거대한 어둠이 서서히 벗겨진다.

말은 제 어두운 힘을 무엇에도 굽히지 않는 이들에게 안긴다.

그렇다, 전능함! 이것이 말의 속성. 말을 갖고 노는 건 미친 짓
이다!

오류가 인간 안에 매듭을 만들면 말은 그 매듭을 푼다.

말은 어둠 속 벼락이고 익은 과일 속 벌레다.

그것은 트럼펫에서 나와 담장 위에서 전율한다.

빅토르 위고는 말을 "말없이 절망한 이들"을 위해
사용한다. '가난한 이들'에 대해 말하고 연설이나 소설
을 그들에게 할애하는 것으로는 충분하지 않다. 그들
에게 말할 기회를 주고 그들의 멜로디를 포착해야 한
다.《웃는 남자》의 화자는 약속한다. "나는 더듬거리는
말을 옮길 것이다. 사람들의 소리는 바람 소리처럼 명
료하게 조음調音되지 않는다. 그들은 외친다. 그러나 우
리는 그 외침을 알아듣지 못한다. 외치는 건 입을 다무
는 것과 같고, 입을 다무는 것이 그들에겐 무장해제다.

(…) 나는 원군援軍이 될 것이다. 고발이 될 것이다. 민중의 말이 될 것이다." 그는 그들의 언어를 옮겨적기까지 한다. "삐걱거리고" "속삭이는" 언어, 속어, 가브로슈의 언어, 불완전하고 유쾌한 언어를. 또한 그는 유배 생활 동안 건지 섬의 거리를 오가다 포착한 뱃사람들의 늙은 언어에 관심을 쏟고, 거기서 영감을 얻어 《바다의 일꾼들Les Travailleurs de la mer》을 쓴다. 수백 점의 물건을 수집하고 간직했던 위고는 말의 고물상, 문자 모험가, 위대한 시 기술자이기도 했다.

이 점에 관해 그는 "미련한 12음절 시구를 해체한 데"에 대한 자부심을 감추지 않는다. 그의 문체는 '싸움'을 촉발한 희귀한 영광을 누렸다. 그는 이미 시 도입부에 일반적으로 쓰기를 기피하는 단어를 써서 성난 외침을, 욕설을 들은 바 있다. 그가 시를 함부로 다룬다고 비난받았던가? 아니다, 그는 시에 봉사한다는 확고한 신념을 가졌다. 게다가 그의 시는 우리 머리에 쉽게 떠오른다. 《가을 낙엽》의 도입부든("이 세기는 두 살이다! 로마가 스파르타를 대체했다 / 보나파르트 밑에서 어느새 나폴레옹이 뚫고 나왔다") 아니면 《에르나니》의 그 유명한 "숨은" 계단이든 말이다. 그가 쓰고 공들여 만든 말들은 우리의 기억 속에 확고히 닻을 내렸다. 놀랍도록 생생하게 살아서.

18

레오폴딘

가족은 빅토르 위고의 대업이고, 그가 살아가는 이유였다. 이 위대한 작가도 아내 아델과 네 아이와 함께 이룬 가족 없이는 아무것도 아니었다.

그들의 첫아들 레오폴드는 넉 달밖에 살지 못했다. 낙담한 젊은 부부는 1824년 8월 만딸의 탄생을 기적처럼 받아들인다. 레오폴딘은 위로의 아이가 된다. 위고 부부는 딸을 애지중지한다.

'디딘'은 재기발랄하고 잘 웃고 유쾌한 아이였고, 아버지는 딸에게 광적인 사랑을 쏟았다. 시나 편지를 써서 딸의 방에 밀어넣곤 했다. 위고는 모든 것으로부터 딸을 보호하려 애썼다. 삶으로부터, 남자들로부터, 세상의 폭력으로부터. 그는 딸에게 최고의 방패를 제공했다. 문학에 대한 취향이 그것이다. 청소년기에 딸은 그가 쓰는 작품의 공식 필경사가 되었다. 오랫동안 그 역할을 해온 쥘리에트 드루에를 제치고. 그녀는 루아얄 광장에서 열리는 저녁 모임에 참석하고, 발자크, 비니, 고티에, 프란츠 리스트와 가까이 지냈다. 레오폴딘은 아버지에게 빈틈없는 존경을 바치는 완벽한 딸이었다. 그녀는 열다섯 살에 아버지에게 이렇게 썼다. "사랑하는 아빠, 제가 달고 있는 아빠의 이름이 제게는 왕관 같은 효과를 가져다줘요."

레오폴딘은 예술가를 꿈꾸지는 않았으나 독립을 열렬히 바랐다. 그리고 1839년에 샤를 바크리Charles Vacquerie를 만나면서 그녀의 열망은 실현 가능해졌다. 젊고 근면한 샤를은 그녀를 영원히 사랑하겠다고 약속했다. 두 연인은 3년 동안 비밀리에 사랑을 이어가다가 결혼하고 싶어했다. 빅토르 위고는 경계했다. 무엇보다 지방 소시민 출신의 청년이 자기 딸을 앗아가는 걸 질투해서 결혼식을 늦추려고 애썼다. 결국 위고가 "딸을 결혼시키는 안타까운 행복"을 받아들이면서 결혼식이 거행되었고, 레오폴딘은 노르망디의 빌키에로 떠났다. 1843년 3월 16일 자 편지에 위고는 이렇게 털어놓는다. "우리는 네가 그곳에서 어떻게 살까 생각하며 살고 있고, 나는 글도 잘 쓰지 못하고 있단다."

딸과의 이별에 괴로워하던 빅토르 위고는 1843년 7월 어느 날 배를 타고 르아브르에 도착했다. 레오폴딘이 부두에서 아버지를 기다리고 있었다. 재회는 강렬했고, 그날은 잊을 수 없는 기억으로 남았다. 그러나 위고에겐 시간이 별로 없었다. 다음날 쥘리에트 드루에와 함께 에스파냐로 떠나야 했기 때문이다. 몇 주 전부터 계획해둔 여행이었다. 아버지와 딸은 헤어졌다. 그리고 이것이 마지막 만남이 되고 말았다.

9월 4일, 샤를은 삼촌을 공증인에게 데려다주어야 했다. 레오폴딘은 함께 갈지 망설였다. 르아브르에 와 있는 어머니와 동생들을 보고 싶었다. 하지만 남편을 따라가고 싶기도 했다. 결국엔 남편을 따라나섰다. 바람이 거셌고 일기가 좋지 않았다. 배가 뒤집혔는데, 수영할 줄 아는 사람이 아무도 없었다. 레오폴딘은 자기 치맛자락에 옭매인 채 배에 매달렸다가 가장 먼저 가라앉았다. 샤를이 구해보려고 애썼지만 구하지 못했다. 전하는 이야기에 따르면, 그는 아내를 구할 수 없게 되자 차라리 물에 빠져 함께 죽는 편을 택했다고 한다.

아델은 그날 저녁 그 끔찍한 소식을 듣지만 쥘리에 트와 여행 중인 남편에게 알릴 방법이 없었다. 위고와 쥘리에트는 여행에서 돌아오는 길에 로슈포르의 어느 카페에 들렀다. 탁자 위에 뒤죽박죽 놓여 있던 신문들 중 하나를 집어든 위고는 신문을 펼쳤다가 충격을 받았다. 딸의 죽음을 알리는 기사를 본 것이다. "어찌 이런 끔찍한 일이." 아마도 그는 더듬거리며 이렇게 말하지 않았을까.

이듬해에도 백지는 채워지지 않아서 위고는 작업은 하지만 출간은 하지 않는다. 1856년 《관조》가 출간될 때에야 레오폴딘의 유령이 다시 나타난다. '파우카 미에'라는 제목의 장이 그녀에게 할애되었는데, 시인이 딸을 애도하고 신에 대한 믿음에 의문을 제기하는 애절한 장이다.

위로받을 길 없는 위고는 딸에 대한 기억에 젖어 살고, 생각으로 그녀 곁에 머문다.

내일, 들판이 하얗게 밝아올 여명에

나는 떠나리. 네가 날 기다리는 걸 알기에

숲으로 떠나리, 산으로 떠나리.

너 없는 이곳에 더는 머물 수 없어

내 생각만 바라보고 걸으리,

바깥도 보지 않고 아무 소리도 듣지 않고

홀로, 이름 없이, 두 손 맞잡고, 구부정하게.

슬픈 나에게는 낮도 밤과 같아서,

내리는 밤의 황금빛도 바라보지 않으리.

아르플뢰르로 내려가면 저 멀리 보일 돛도 보지 않으리.

마침내 도착하면 네 무덤에 놓으리라,

활짝 핀 히드 꽃과 초록 호랑가시나무 꽃다발을.

레오폴딘은 센 강을 굽어보는 빌키에의 작은 묘지에 남편과 어머니 아델 곁에 묻혀 있다.

빅토르 위고와 함께하는 여름

19

망명

1851년 빅토르 위고가 프랑스를 떠나기로 한 것은 고통스럽지만 어쩔 수 없는 결정이었다. 루이 나폴레옹 보나파르트는 민주주의를 훼손하고 쿠데타를 선택했다. 그래서 곧 황제가 될 그의 옛 동지였던 위고는 복종보다는 도주를 선택했다.

"내가 자기 명령에 내쫓기는 거라 믿는다면 보나파르트가 착각하는 것이다. 나를 내쫓는 건 그의 비열함이다. 나를 추방한 건 내가 견디지 못할 치욕의 광경이다. 나에게 '떠나라!'고 말한 건 보나파르트가 아니다. 내 영혼이다."

위고는 말 없는 혼란 속에 나라를 남겨두고 떠난다. 군중을 봉기시키고 저항을 촉구하는 시도는 많이 했다. 그러나 바리케이드 몇 개로는 군대의 격렬한 반격을 막아낼 수 없었다. 그래서 짐을 쌌다. 가짜 여권을 만들고 노동자로 가장한 그는 1851년 12월 11일에 브뤼셀 행 야간열차를 탄다. 쥘리에트 드루에가 원고 가방을 들고 곧 뒤따르기로 한다. 아델 위고는 파리에서 물자보급을 맡았다. 위고는 홀로 떠났다. 그리고 19년이 지나서야 프랑스로 돌아온다.

보나파르트가 국민투표로 쿠데타 승인을 준비하는 동안, 작가는 《어느 범죄 이야기L'Histoire d'un crime》, 《꼬마 나폴레옹》, 《징벌》의 집필을 시작한다. 벨기에에 도착한 지 1년이 채 되지 않아 그는 런던으로 갔다가 저지 섬에 도착한다. 거기서 마침내 "유쾌한 마음"이 된다. 그는 그 섬이 마음에 든다. 그곳에서는 프랑스어를 말할 수 있고, 제국에서 추방당한 다른 사람들을 만날 수 있고, 바다를 따라 거닐 수 있고, 심지어 날씨가 좋을 때는 해안에서 프랑스를 바라볼 수도 있다. 아델이 아이들을 데리고 합류한다. 모두 망명 생활이 몇 달을 넘기지 않을 거라고, 기껏해야 6개월 정도일 거라고 생각한다.

그들은 가구도 없이 크고 하얀 집 마린 테라스에서 산다. 위고 가족은 글쓰기와 사진과 심령 모임을 이어가며 근면한 습관에 따라 우중충하고 서늘한 날들을 지낸다. 그러나 작가는 1855년에 나폴레옹 3세가 빅토리아 여왕을 방문한 것을 비판했다가 공식적으로 추방당한다. 그리고 조금 더 북쪽에 위치한 건지 섬, "바다와 어둠 속에 묻힌 가련한 바위섬"으로 피신한다.

오트빌 하우스가 그의 새 거주지가 된다. 시집《관조》가 상업적 성공을 거둔 덕에 1856년에 구입한 집이다. 마음의 파도를 가라앉히려고 위고는 실내장식을 직접 한다. 장식융단, 가구, 온갖 물건들을 세심히 고르고, 목제품에 글을 새기기도 한다. "조상들의 안락의자" 등받이에는 그 유명한 명구 '에고 위고'가 새겨지고, 작은 거실의 벽난로에서는 호메로스, 단테, 셰익스피어 등 그와 사유思惟를 나누는 동료들의 이름을 볼 수 있다. 집에서 제일 높은 곳에는 바다가 보이는 전망을 갖춘 룩아웃 공간을 마련한다. 그의 중요한 작품 몇 편이 이곳에서 집필된다.《여러 세기의 전설》,《윌리엄 셰익스피어》,《바다의 일꾼들》,《웃는 남자》, 그리고《레 미제라블》이.

그의 일상은 평화롭게 흘러간다. 그는 매일 아침 일

찍 일어나 하루에 100여 행을 쓴다. 그러나 그의 주변 사람들에게는 시간이 더디기만 하다. 위고 부인은 섬의 적막에 질렸고, 두 딸도 마찬가지다. 딸 아델은 점점 더 외로워하며 항해일기를 쓴다. 얼마 후 그녀는 미칠 듯이 사랑하게 된 핀슨 중위를 따라 캐나다로 달아난다. 쥘리에트는 길모퉁이에서 살면서 매일 연인이 찾아주길 기다린다. 두 사람은 종종 신호로 소통한다. 위고가 잠에서 깨자마자 창가에서 흰 손수건을 펄럭이면잘 잤다는 뜻이다.

망명 생활은 뿌리를 내리지만, '스텔라' 별을 바라보며 자유를 꿈꾸는 건 계속된다. 밤이면 그 별은 그에게 속삭인다.

─나는 가장 먼저 뜨는 별,

사람들은 무덤에서 나온 별이라 믿는다.

오 국민이여! 나는 타오르는 시다.

나는 모세를 비추었고, 단테를 비추었다.

사자 같은 대양이 내게 반했다.

내가 가나니, 덕성이여, 용기여, 믿음이여, 일어나라!

사색가들이여, 지성들이여! 망루에 올라 보초를 서라!

눈꺼풀이여, 열려라! 눈동자여, 타올라라!

땅이여, 발고랑을 흔들어라, 삶이여, 소리를 일깨워라.

잠든 자들이여, 일어나라,

나를 따르는 자, 나를 앞세운 이는 바로

자유라는 천사요, 빛이라는 거인이니!

1859년, '천사'가 코앞까지 다가왔다. 나폴레옹 3세는 제국의 모든 추방자를 사면하고 프랑스 영토로 돌아오도록 허용한다. 그러나 위고는 그런 조건으로는 조국에 돌아가길 거부한다. '꼬마'가 실각해야만 돌아갈 작정이다. 이 원칙적인 결정에 가족 모두가 동의하지는 않았다. 그들은 망명 생활을 더는 견디지 못했다. 지금까지는 가장의 정치적 결정에 따라 살아왔다. 그가 달아나야 했을 때는 뒤도 돌아보지 않고 함께 달아났다. 하지만 이제 그들은 그와 함께든 아니면 그 없이든 다시 파리 거리를 거닐려 한다. 1860년부터 위고 부인은 자녀들과 함께 자주 파리에 체류한다. 종종 남편을 홀로 바위섬에 남겨둔 채.

20

바다

오! 얼마나 많은 뱃사람이, 얼마나 많은 선장이

머나먼 길을 즐거이 떠나,

저 음울한 수평선으로 사라졌을까!

얼마나 많은 이들이 혹독하고 슬픈 운명으로 스러졌을까!

그믐밤에 깊이 모를 바닷속,

눈먼 대양 아래 영원히 잠겼을까!

〈오세아노 녹스Oceano nox〉는 물이라는 원소를 향한 빅토르 위고의 끌림을 보여주는 한 예다. 바다의 힘은 그의 작품 한가운데 자리하고 있다. "말로 표현할 길 없는 심오한 바다의 음악"이 바다의 부름에 이끌린 그의 거의 모든 글 아래 흐르고 있다. 지칠 줄 모른 채 응시하고 바라본 바다는 시인에게 부드러우면서 격렬해

서 위험한 연인이다. 감탄하면서 두려워하는 자연의 힘
이다.

위고는 특히 망명 생활 동안 바다를 가까이한다. 물
은 역경의 동반자다. 그는 저지 섬에서도 건지 섬에서
도 매일 창문으로 바다를 바라보았다. 그곳의 바다는
다른 무엇과도 닮지 않았다.《영불 해협의 군도L'Archipel
de la Manche》에서 바다는 "고분고분하지 않아서" "특
별"하다. 위험을 무릅쓰고 그곳 바다를 항해하는 뱃사
람들은 세 가지 위험을 예상한다. 조류, 여울, 그리고
바다 깊이 패어 있을지 모를 무시무시한 웅덩이. 파도
가 와서 부서지는 바위의 위험한 아름다움도 자극적인
볼거리로 시인에게 환각을 불러일으킨다.

"이 해안을 따라 걷다 보면 연이어 신기루를 경험하
게 된다. 매 순간 바위가 당신을 홀리려 든다. 환상은
어디에 둥지를 틀까? 화강암 속에. 그보다 기이한 것이
없다. 거대한 돌 두꺼비들이 저기 있다. 아마 숨을 쉬려
고 물에서 니온 모양이다. 거인 같은 수녀들이 수평선
에 몸을 숙인 채 분주하다. 수녀들이 쓴 베일의 굳어버
린 주름은 흡사 바람이 달아나다 붙들린 꼴이다. 왕관

을 쓴 왕들이 육중한 왕좌에 앉아 생각에 잠겼는데, 파도는 왕이라고 특별히 봐주지 않는다. 바위 속에 파묻힌 어떤 존재들이 팔을 밖으로 내민다. 벌어진 손가락들이 보인다. 이 모든 것이 형태가 고정되지 않은 해안을 이룬다. 가까이 와서 보라 (…). 이건 요새, 저건 마멸된 사원, 이것은 오두막과 부서진 담장들이 이루는 혼돈, 황폐한 도시에서 뽑혀온 것들이다. 도시도 시간도 요새도 존재하지 않는 곳, 그곳이 바로 절벽이다."

이 풍경은 그의 내면에 글을 쓰려는 욕구를 일깨운다. 1864년은 《바다의 일꾼들》의 집필로 시작된다. 대양과 대양에 도전하는 인간의 "깊은 목소리"를 들려주는 소설이다. 바다를 샅샅이 알고, 한 여자에 대한 사랑으로 난파된 배를 구하려고 애쓰는 고독하고 용감한 어부 질리아트의 이야기다. 여기서 위고는 절정에 달한 낭만주의를 보여준다. 특히 뱃사람이 홀로 거대한 대양에 맞서는 폭풍우 장면을 경이롭게 묘사함으로써.

"무시무시한 순간이었다. 폭우, 태풍, 번개, 섬광, 구름까지 치솟는 파도, 거품, 포효 소리, 거친 뒤틀림, 비명, 우르릉 쾅쾅 소리, 휘파람 소리, 이 모든 것이 한데 뒤섞여 들렸다. 고삐 풀린 괴물들이 날뛰는 듯했다. 바람이 벼락처럼 몰아쳤다. 비가 내리는 게 아니라 들이부었다. 질리아트처럼 바다 한가운데에서 만선으로 두 바위섬 사이에 처한 가련한 남자에게는 이보다 더 위협적인 상황이 없었다. (…) 휴식도 중단도 휴전도 숨 돌릴 틈도 없다. 고갈되지 않는 이 과잉 속에는 어떤 비겁함이 있다. 무한의 폐가 내쉬는 숨결이 느껴진다. (…) 이따금 누군가 명령이라도 내리듯 그것이 말을 하는 듯했다. 그러다 아우성이, 나팔 소리가, 기이한 진동이, 뱃사람들이 '대양의 부름'이라고 부르는 장엄한 울부짖음이 들렸다."

결국 질리아트는 빅토르 위고가 1857년의 그림에 그린 것처럼 시커멓고 강력한 파도에 휩쓸린다. 그가 그린 크로키 밑에는 이런 말이 적혀 있다. "나의 운명." 작가는 바다와 자신을 뒤섞어 "대양 인간"으로 우뚝 선다. 불굴의 존재로.

유년기의 시인

어린아이가 보이면 동그랗게 모인 가족들이

큰소리로 외치며 손뼉 친다. 아이의 보드라운 눈길 빛날 때

모든 눈이 반짝인다.

가장 슬프고, 어쩌면 가장 더럽혀진 이마에서

별안간 주름이 펴진다. 천진난만하고 유쾌한

아이가 나타나는 걸 보면.

시집 《가을 낙엽》에는 어린아이의 보드라움을 환기하는 구절이 많다. 돌이킬 수 없게 달아나는 시간에 맞서 시인은 잃어버린 낙원에, "스쳐 지나가는 그림자 같은 인간이 창공 아래에서 맛보는/가장 아름다운 순간"에 매달린다. 그것을 붙들어 인간의 "어두운 지평선"으로부터 보호한다.

어린아이의 천진함은 끊임없이 위협받기 때문이다. 빅토르 위고의 작품 곳곳에는 유년기의 순수함 너머로 죽음의 위험이 나타난다. 《관조》에 실린 주요 작품 중 하나인 〈멜랑콜리아Melancholia〉라는 숭고한 시에서는 더없이 연약하고 더없이 가련한 아이들이 성인들에 의해 도구화되는 것을 직설적으로 언급한다.

하나같이 웃지 않던 그 아이들은 모두 어디로 갔을까?

열기에 말라가던, 저 생각에 잠긴 연약한 존재들은?

홀로 길을 걷던 여덟 살 꼬마 소녀들은?

퇴비 더미 아래서 열다섯 시간씩 일할까.

……

여린 나이 온실에 가두고

가난을 창조하면서 부를 생산하는,

어린아이를 도구처럼 쓰는 나쁜 노동!

우리는 묻는다. 진보는 어디로 가고 있는가? 무엇을 원하는가?

활짝 핀 젊음을 꺾으며!

영혼을 기계에 던져넣고, 인간의 영혼을 앗아가며!

어머니들이 증오하는 노동이여, 저주받으라!

이 시는 앞으로 등장할 장엄한 소설《레 미제라블》의 싹을 명백히 품고 있다. 이 불행한 무명의 아이들 너머로 테나르디에 부부에게 착취당하다가 장 발장에게 구원받는 어린 코제트를 그려볼 수 있다. 그 끔찍한 부부의 아이들—에포닌과 아젤마—조차 복잡한 인물들이지만 매우 호의적으로 그려낸 소설가 덕에 호감을 얻게 된다.

빅토르 위고는 가난이라는 문제 앞에서 단 한 번도 꺾이지 않았다. 그 문제는 그의 투쟁, 그의 강박증으로 남는다. "생각에 잠긴 연약한 존재들"의 노예 상태를 고발할 때는 더더욱 그렇다. 귀족원 의원으로 선출된 그는 1845년부터 어린아이들의 노동에 관한 법규를 개정할 계획을 숙고한다. 그러나 1848년 혁명이 일어나고 그후 황급히 망명을 떠나게 되면서 그 계획을 끝까지 밀어붙이지 못했다.

1851년 공화파의 짧은 봉기—루이 나폴레옹 보나파르트의 쿠데타에 대한 반격—의 결과는 작가에게 씁쓸한 뒷맛을 남겼다. 그는 파리의 티크톤 로에서 이유 없이 머리에 두 발의 총알을 맞고 죽은 꼬마 부르시에

Boursier의 죽음을 기억 속에 간직한다.《징벌》에 실린 〈4일 밤의 기억Souvenir de la nuit du 4〉이라는 시는 독자에게 그 암울한 일화를 낱낱이 전하고, 훗날《어느 범죄 이야기》에 실린다. 여기서 시인은 아이 할머니의 목소리를 취한다.

오늘 아침 아이는 창가에서 놀았다오!

저들이 나의 가련한 아이를 죽였다오!

거리를 지나가는 아이를 저들이 쏘았어.

이보시오, 그 아이는 예수처럼 착하고 순했다오.

나는 늙어서 떠나면 그만이고,

그래봤자 보나파르트 씨에겐 아무 일도 아닐 거요.

......

왜 그 아이를 죽였답니까? 설명을 좀 해주시오.

아이는 공화국 만세를 외치지도 않았소.

우리는 위로할 길 없는 죽음 앞에서 떨며

모자만 눌러쓰고 입 다문 채 묵묵히 서 있을 뿐이오.

"아직 나쁜 짓도 해보지 못한" 아이들의 죽음은 빅

토르 위고가 경험하게 될 비극이다. 그는 살아서 자식 넷을 땅에 묻었다. 레오폴드(태어난 지 얼마 되지 않아 사망), 레오폴딘(익사), 샤를(뇌출혈로 사망) 그리고 프랑수아빅토르(결핵으로 사망). 딸 아델은 정신장애로 정신병원에 들어갔다. 슬픔에 잠긴 아버지는 손주 사랑에 빠져든다. 샤를의 자식들인 잔과 조르주가 그의 가장 큰 위안이 된다.

22

《관조》

1856년에 출간된 시집 《관조》는 "한 영혼의 회고"다. 10년에 걸쳐 집필되고 여섯 권, 2부('옛날'과 '오늘날'), 1만 1000구절로 이루어진 이 시집은 삶과 죽음 사이에서 깨지고 찢긴 인간에 관해 말한다. 단절의 시기는 1843년, 레오폴딘이 갑작스레 죽은 해다. 레오폴딘은 이 시집 속 곳곳에 편재한다. 대부분 저지 섬 망명 생활 때 쓴 이 시들은 그녀의 '무덤'이다.

빅토르 위고는 '파우카 미에(이제 내겐 남은 것이 아무것도 없네)'의 긴 넋두리를 통해 딸을 위한 중심 자리를 남겨둔다. 그리고 달콤한 추억과 날아가버린 이미지들을 곱씹는다. "축복받은 아이"에게 말하고, 더는 이해할 수 없는 전지전능한 신에게 호소하기도 한다.

신이 내게서 앗아간 가련한 아이는

나를 사랑하는 것만으로 나를 도왔다.

나를 바라보는 아이의 눈을 보는 것이

내 삶의 행복이었다.

신이 나에게 시작하게 한 작품을

끝맺는 걸 원치 않는다면,

내가 더 일하길 바란다면

나에게 딸을 돌려주기를!

......

오 신이여! 정녕 하늘 아래에서

내가 딸아이의 감미로운 눈빛보다

당신 영광의 무시무시한 빛을

더 좋아하리라 생각하셨습니까?

　신앙의 문제뿐만 아니라 애도의 문제도 제기된다. 이제 어떻게 살까? 아이가 없는데 어떻게 여기에 남을까? 바로 이것이 "음울한 법칙"을 따를 수밖에 없는, 기복 많고 깨지기 쉬운 세상을 묘사하는《관조》의 주제다.

　그의 "피라미드"(그가 헤첼 출판사에 쓴 편지에서 자기 책을 지칭한 말이다) 꼭대기에 올라 시인은 먼저 뒤를 돌아본다. 자신이 겪어온 싸움, 투쟁, 승리, 상실. 여기저기의 여자 또는 어머니의 존재, 그리고 사랑에 매달려야 한다는 확신. "늘 사랑합시다! 더 사랑합시다!" 그는 독자에게 던지듯 이렇게 말하고는 내밀한 신념을 털어놓는다. "오직 사랑만이 남는다."

다른 쪽에는 미끄럽고 위험한 경사면이, 절망의 경사면이 있다. 시인은 "지상의 도형장"에서 벗어날 방법을 찾는다.

이제, 내 눈은 반밖에 열리지 않네.

누가 내 이름을 불러도 돌아보지 않네,

잠 못 자고 동트기 전에 일어나는 사람처럼

몽롱하고 권태로울 뿐.

나는 울적한 게으름에 빠져,

시기의 말로 해치는 자에게조차 응대할 생각을 하지 않네.

오 주여! 내게 밤의 문을 열어주소서,

내가 그 문으로 나가 사라질 수 있도록!

살 것인지 죽을 것인지 위고는 선택해야 한다. 그는 세상을 사는 새로운 방식을 찾으며 살기로 결심한다. "나는 그 무엇도 멈춰 세우지 못하는 자, 나아가는 자다." 낙관적이고 밝으며, 더는 내밀하기만 하지 않은 그의 시는 모든 개인이 자기 자신을 들여다볼 수 있는 거울이 된다. "내 삶이 그대의 삶이고 그대의 삶이 나의 삶, 내가 사는 것을 그대가 사니, 운명은 하나다."

그의 책은 위로의 희망을 담아 바다에 던진 병이다. 그는 삶과 아직 화해하진 못했을지라도 다시 태어나려는 의지를 품었다.

모든 것이 말해질 것이다. 악은 대가를 치르고,

눈물은 마를 것이다. 더는 쇠사슬도, 죽음도, 공포도 없으리.

끔찍하고 무자비한 나락은

더는 귀먹지 않고 더듬거리며 말하리라, 이 무슨 소리지?

모든 어둠 속 고통이 끝나리라,

천사가 외치리라, 시작이다!

23

유럽의 꿈

빅토르 위고는 "위대한 행위로 세상에 이름을 남기고 죽기"를 바랐다. 그래서 한 가지 꿈을 꾸었고, 꿈의 실현을 위해 모든 걸 가동했다. 그는 줄곧 미래와 진보를 향해 눈을 돌리고, 자신이 늘 믿어온 것을 구현해줄 "유럽 연합국"이 창조되길 바라고 옹호했다. 즉 여러 민족의 통합과 자유의 이상을 지지했다.

위고는 이 분야의 선구자가 아니다. 그보다 먼저 다른 이들이 유럽 국가들의 결집이라는 생각을 표명했다. 그러나 그가 1929년 아리스티드 브리앙Aristide Briand의 계획을, 혹은 더 훗날인 1950년대의 장 모네 Jean Monnet의 계획을 앞지른 건 분명하다.[21] 그의 모델은 당연히 신세계, 미합중국이다. 그러나 그는 한층 더 멀리 나아간다. 국경의 폐지, 개인과 물품의 자유로운 통행, 단일화폐. 위고가 꾼 유럽의 꿈은 그의 모든 생각과 작품을 살찌운 우애의 이상과 떼어놓을 수 없다.

그 이상의 토대 위에 모든 국적의 인간들이 모인 유럽이라는 생각이 세워졌다. 1849년 파리에서 열린 국제평화회의 때 위고는 익히 알려진 장엄한 어조로 희망을 가득 담아 유창한 연설을 한다.

"오늘날 루앙과 아미앵, 보스턴과 필라델피아 사이에 전쟁이 불가능해 보이는 것처럼 파리와 런던, 페테르부르크와 베를린, 빈과 토리노 간의 전쟁이 터무니없고 불가능하게 보일 날이 언젠가 올 것입니다. 프랑스, 러시아, 이탈리아, 영국 등 대륙의 모든 국가가 개별적인 특성과 명예로운 개성을 잃지 않은 채 숭고한 단일성 속에 긴밀하게 녹아들어 유럽의 우애를 이룰 날이 언젠가 올 것입니다. (…) 시장들이 무역에 열리고 정신들이 생각에 열리는 것 외에 다른 전장戰場은 없을 날이 언젠가 올 것입니다. (…) 멀리 떨어진 모든

---

21 아리스티드 브리앙은 제1차 세계대전 후 국제연맹을 거점으로 국제협조주의와 집단안전보장체제를 추진했고, 장 모네는 석탄·철강의 유럽공동체 설립에 기여하고 유럽공동체 의장을 지냈다.

민족이 접촉할 것입니다! 거리가 좁혀질 것입니다! 상호접근은 우애의 시작입니다. 철도 덕에 곧 유럽은 중세 때 프랑스 정도의 크기밖에 되지 않을 것입니다! 증기선 덕에 오늘날 우리는 옛날에 지중해를 건너는 것보다 더 쉽게 대양을 건너고 있습니다! 불과 얼마 지나지 않아 인간은 호메로스의 신들이 세 걸음에 하늘을 가로질렀듯이 지구를 가로지르게 될 것입니다! 몇 년 후면 화합의 전선이 지구를 휘감고 세상을 끌어안게 될 것입니다!"

보편적 사랑을 위한 이 변론은 현실보다 이상을 많이 품고 있다. 그렇다 해도 이 연설엔 온갖 전복과 갈등으로 마멸된 시대 한가운데에서 평화를 말한다는 미덕이 있다. 위고는 때때로 그런 시대의 무력한 증인이기도 했다. 1870년대에 세르비아와 터키제국이 대립한 유혈 전쟁은 그에게 계시처럼 작용했다.

"(…) 오늘날 우리 가까이에서, 우리 눈앞에서 학살과 방화, 약탈과 몰살이 자행되고, 아버지와 어머니의 목이 졸리고, 어린 소녀와 소년이 매매됩니다. (…) 유럽의 정부들이 나서면 이 모든 끔찍한 일을 막을 수 있습니다. 그런 흉악한 죄를 범하는 야만인들도 소름 끼치지만, 그런 범죄가 일어나도록 방치하는 문명인들도 무섭습니다."

사람들을 보호할 수 있는 유럽 공동체를 창설하는 일이 시급해졌다. 위고는 하나 된 대륙이 라인강과 프랑스-독일을 축으로 세워지는 것을 상상한다. 그러나 가장 아름다운 광장은 파리에 남겨둔다. 이 자유의 도시가 완벽한 조직체의 '머리'가 되어야 할 것이다.

위고는 《빛과 그림자Les Rayons et les ombres》에 이 말을 썼다. 그는 언제나 "대단한 몽상가"여서 종종 상상을 놀라운 통찰로 바꿔놓는다. 그는 《파리》(1867)라는 에세이의 첫 장에서 "비범한 국가"에도 장래에 근본적인 변화들이 일어나야 한다고 주장했는데, 오늘날 우리는 그 변화들이 실현되었음을 인정해야 한다. 격분한 전사 같은 20세기의 유럽은 교수대를 거부하고 산밑에 터널을 뚫을 것이고, 과거의 "아름다움과 웅장함"은 잊고 개개인의 소통을 앞세울 것이다. 세계 정복에 나선 유럽은 하늘을 날려는 고심에 온갖 "항공기들로" 하늘을 채우고, 청년들에게 유니폼보다는 일자리를 제공해야 하는 고심을 떠안게 될 것이다.

　이 빛나는 텍스트는 때로 불가피하게 저자를 이상주의로 실어간다. "어떤 착취도, 강자에 의한 약자의 착취도, 약자에 의한 강자의 착취도 없고, 각각의 효용에 따른 존엄을 모두가 느끼는 이상주의가 수립될 것이다. 예속 없는 고용이 이루어질 것이다 (…). 감옥은 학교 역할을 하고, 최악의 가난인 무지가 혁파되고, 정치는 학문에 흡수될 것이다 (…). 지성들이 여명을 향해 봉기할 것이다. 재화의 조급증이 느림과 수줍음을 꾸짖을 뿐, 다른 모든 분노는 실종될 것이다. 민중은 인류를 위해 어둠의 사면斜面을 뒤져 빛을 무한히 채굴할 것이다. 이것이 그 국가의 장래 모습이다."

　당시 이 '유럽합중국'은 환상처럼 보였을 테지만, 오늘날 5억이 넘는 시민을 아우르는 유럽연합이 되었다.

24

셰익스피어

어느 가을날, 빅토르 위고와 그의 아들 프랑수아빅토르는 바다로 난 창을 마주하고 말없이 나란히 앉았다. 아들이 아버지에게 이 무한한 유배의 시간을 어떻게 채울 생각인지 묻는다. 위고는 《윌리엄 셰익스피어 William Shakespeare》라는 에세이에서 이 일화를 이야기하며 근엄한 대답을 내놓는다. "바다를 바라볼 거다." 아들이 말한다. "저는 셰익스피어를 번역할래요."

그 엄청난 작업은 잘 진행된다. 아버지의 항적을 좇아 이루어진 작업이다. 당시 탄생 300주년이던 이 영국 극작가는 빅토르 위고의 오랜 사유의 형제 중 한 사람이다. 시인은 그를 극소수인 "대양처럼 광활한 인간"의 일원으로 꼽는다.

"그 하나 속 전부, 그 불변 속 돌출, 무궁무진하게 다채로운 단조로움의 방대한 경이, 전복 이후의 차원, 영원히 넘실대는 광막함의 지옥과 낙원들, 깊이를 알 수 없는 불가사의, 이 모든 것이 한 사람의 정신 속에 있는데, 그런 정신을 천재라고 부른다. 그런 인물로는 아이스킬로스가 있고, 이사야가 있고, 유베날리스가 있고, 단테가 있고, 미켈란젤로가 있고, 셰익스피어가 있다. 그런 영혼을 바라보는 것은 대양을 바라보는 것이나 마찬가지다."

때는 1864년. 망명지인 영국에 《윌리엄 셰익스피어》를 헌정한 빅토르 위고는 일석이조의 결과를 얻는다. 가장 위대한 극작가를 찬양하면서 동시에 예술의 기능에 관한 자신의 성찰—《크롬웰》로 이미 시작한—을 이어간 것이다.

셰익스피어에 대한 그의 사랑은 랭스에서 샤를 노디에와 함께 시작되었다. 《햄릿》의 저자는 19세기 초에 그리 인기를 누리지 못했다. 심지어 계몽주의 작가들에게 혹독하게 비판받는 작가였다. 위고에 따르면, 그는 뒤늦게 명성을 얻는 "과도한 천재"에 속한다. 그러나 "거대한 책에는 건장한 독자들이 필요"하다. 그의

문학적 조상은 전례 없는 상상력을 지녔다. 그는 대구
對句를 다루는 셰익스피어의 기량에, 변장의 미학에, 아
무것도 존중하지 않는 능력에 감탄했다. "그는 언제나
작업하고, 직무를 다하고, 열심히 나아가며" "전진한다."

　전기적 좌표를 빠르게 훑고 나서 위고는 마침내 "진
짜" 주제에 접근한다. 예술의 자유, 인간이 "일상의
삶"에서 벗어나 높은 사유의 단계에 오르려고 결심하
는 귀환 불가능한 지점에 대해. "위대한 영혼"이란 사
회의 제한된 지평선을 넓히고 기대치 너머로, 울타리
너머로 향하는 영혼이다. 생각하는 인간이 유한성을
거부할 때 '천재'가 된다.

　"아니야, 너는 유한하지 않아! 네 앞에는 경계가, 한
계가, 끝이, 국경이 없어. 넌 여름과 겨울처럼, 새와 권
태처럼, 격류와 벼랑처럼, 대양과 절벽처럼, 인간과 무
덤처럼 너의 끝에 서 있지 않아. (…) '너는 더 멀리 가
지 못할 거야.' 그건 네 말이지 사람들이 그렇게 말한
건 아냐. (…) 다른 게 있어! 그게 뭔데? 장애물? 무엇
을 막는 장애물이지? 창작을 막는 장애물! 내재적인
것을 막는 장애물! 필연적인 것을 막는 장애물인가?

무슨 몽상이야! (…) 네가 열정이 식는다고? 네가 그만 둔다고? 네가 중단한다고? 네가 중지를 말한다고! 절대로 아니지."

위고는 자신이 무슨 말을 하는지 안다. 이 작품을 집필할 때 그는 이미 예술의 자유에 관해 수없이 고찰했다. 《마리옹 드 로름》(1829년), 《에르나니》와 이 작품을 둘러싼 '논쟁'(1830년), 《왕은 즐긴다》(1832년에 검열에 걸린), 그리고 프랑스에서 금지된 다른 작품들(1850년대 초의 《꼬마 나폴레옹》, 《징벌》)은 논외로 하더라도. 그러나 그는 굳건했다. 인류에겐 아름다움을 유용성과 결합하는 예술가들만이 아니라 '무한'의 몫을 거침없이 전하는 사상가들도 필요하다. 셰익스피어는 그런 사상가 중 한 명이었고, 빅토르 위고도 눈부신 방식으로 그랬다.

25

뤼 블라스

뤼 블라스는 몽상가다. "모든 것이 가능하다"고 믿고, "운명에서 모든 것을" 희망하는 그의 성향이 그를 실존의 막다른 길로 내몰았다. 민중 속에서 태어나 고아가 된, 소심하고 우유부단한 편인 그는 어쩔 수 없이 하인이 되었다. 《루크레치아 보르자》와 《메리 튜더Marie Tudor》를 쓰고 몇 년 뒤 빅토르 위고는 자신의 약점 때문에 괴로워하며 세상에서 자기 자리를 찾으려 애쓰는 이 인물을 대중에게 내놓는다.

1838년 초, 그는 한 가지 생각을 떠올린다. 파리 중심에 자리한 옛 방타두르 극장이 그가 극작품으로 복귀하기에 이상적인 장소일 거라는 생각이다. 그는 친구 알렉상드르 뒤마와 함께 그 극장을 다시 열기로 결심한다. '르네상스 극장.' 그리고 개장일 저녁에 작품

한 편을 올리기로 하고 《뤼 블라스》를 쓴다. 그가 오래 전부터 생각하고 있던 이야기다. 공간적 배경은 《에르나니》의 배경(에스파냐)과 동일하지만, 이야기는 17세기 말 몰락 직전의 어느 나라에서 펼쳐진다.

뤼 블라스는 하인인데, 여왕을 미칠 듯이 사랑하지만 사회적 신분 때문에 마음을 털어놓지 못한다. 그는 매일 사람들의 눈에 띄지 않도록 조심하며 여왕의 방에 몰래 꽃을 가져다둔다. 돈 살루스테(그의 주인)는 자신이 하녀를 건드렸다는 이유로 궁정에서 쫓겨난 거라는 사실을 알고 여왕에게 복수하기 위해 뤼 블라스에게 거래를 제안한다. 귀족 행세를 하며 접근해 여왕을 유혹하라는 것이다. 거부할 힘이 없는 뤼 블라스는 그 제안을 받아들인다.

그는 돈 세자르라는 이름으로 금세 여왕의 마음을 정복하고 사회적·정치적 사다리를 밟고 올라 선망의 대상인 재상까지 된다. 그는 자기 출신을 잊지 않고 강자들에 맞서 민중을 옹호하려 애쓴다. 어느 날 그는 국정을 논의하던 중 얼마 남지 않은 왕국의 재산을 놓고 다투는 대신들에게 외친다. "식사 맛있게들 하시오, 대신들!" 그러고는 격렬한 어조로 덧붙인다.

오 청렴한 대신들이여!

고결하신 조언자들이여! 이것이 바로

그대들이 섬기는 방식이구나, 집을 거덜 내는 머슴들!

그대들은 수치심도 모르고 때만 노린다,

에스파냐가 죽어가며 눈물 흘릴 참담한 시간을!

여기 모인 그대들은 주머니를 채우고 달아날 생각 말고는

아무것에도 관심이 없구나!

쓰러져가는 그대들의 나라 앞에서 슬퍼해라,

나라의 무덤까지 와서 훔치려고 묘혈을 파는 자들이여!

……

국가는 빈곤한데,

군대가 없고 돈도 바닥났는데,

……

어찌 감히 그런 짓을! 신사들이여, 생각해보라,

민중은-어쩌다 보니 나도 속한!-어마어마한 짐을 지고

그대들 때문에, 그대들의 쾌락 때문에,

그대들의 매춘부들 때문에 등골이 휘는데,

가난한 민중은 여전히 착취당한다.

……

땀 흘려 4억 3000만 금화를 내놓았는데!

이 불행한 시대에 국가는 파산했는데,

그런데 그대들은 남은 것을 챙기려 싸우다니!

그대들이 기대어 사는 위대한 에스파냐 민중은

혼신을 다해 일하고 응달에 쓰러져

동굴에서 죽어가니

기생충에 잡아먹힌 사자처럼 슬픈 운명이다!

카를 5세여, 이 치욕과 공포의 시대에

당신은 무덤 속에서 무얼 하고 있습니까? 오 전능하신 황제여,

오, 일어나십시오! 와서 보십시오! 선인들의 자리를 악인들이

차지했고,

엄청난 제국들로 이루어진 이 무시무시한 왕국이

기울고 있습니다… 당신의 도움이 필요합니다! 와서 도와주

십시오, 카를 5세여!

가짜 귀족 뤼 블라스는 가장 약한 자들 편에 선다.
여기에 그의 영혼의 '숭고함'이 있다. 낭만주의자인 그

는 끝까지 낭만주의자로 남는다. 사랑하는 여자 앞에서 자결할 때까지. 그러니 우리는 발자크처럼 "이 시의 치욕"을 좋아하지 않을 수도 있고, 생트뵈브처럼 줄거리의 개연성에 대해 회의적인 태도를 보일 수도 있다. 그러나 자신이 진짜 누구인지 말하지 못해 안달하는 이 수수께끼 같은 인물을 마주하고 대리석처럼 차가운 태도를 보이기란 어렵다.

26

광기

빅토르 위고는 매우 일찍이 광기를 접했다. 어린 시절
심각한 정신적 불안정을 겪은 형 외젠을 지켜보면서 말
이다. 두 형제는 무척 가까웠고, 맏형과 마찬가지로 명
예를 꿈꾸고 야망을 품었다. 사교적이었던 맏형 아벨은
세기 초의 모든 지식인 모임에 합류했다. 그보다 혼자
지내는 시간이 많았던 외젠은 왕정주의자 무리에 섞여
들어 시험 삼아 시를 써서 인정받는다. 빅토르―오랫
동안 베베트라는 별명으로 불린 막내―는 일찍부터 글
쓰기에 재능을 보여 금세 두각을 나타낸다. 1817년에
그가 아카데미 프랑세즈 상을 받자 외젠은 말없이 질
투한다.

그들의 어린 시절 친구 아델 푸셰가 그들의 공통 관
심사가 되면서 일이 꼬인다. 빅토르는 아델과 헤어질

수 없는 사이가 된다. 남몰래 아델을 사랑하던 외젠에 게는 견디기 힘든 상황이었다. 그는 행복이 달아나는 것을 보며 견디지 못한다. 1822년 결혼식 날, 그는 지 독한 분노에 사로잡혔고 그 분노는 시간이 흐르면서 점점 커진다. 외젠은 새어머니—아버지의 새 부인 카 트린 토마—를 칼로 찌르려 했다가 민간 병원에 입원 하고, 나중에는 샤랑통 병원에 감금된다. 1827년의 의 료 기록에는 그의 상태가 "완전히 절망적"이라고 명기 되어 있다. 빅토르는 1832년에 마지막으로 병원을 찾 았고, 외젠은 그후 5년 뒤 모두와 동떨어진 채 홀로 세 상을 떠났는데, 사인은 밝혀지지 않았다.

형의 죽음은 위고를 절대적 몰이해에 빠뜨렸다. 《내 면의 목소리들》의 다음 대목이 그 심정을 잘 보여준다.

너는 나쁜 말을 한 적이 없고, 이상한 짓을 한 적도 없어.

순결한 이가 죽는 것처럼, 천사가 날아가는 것처럼

청년이여, 너는 떠나가는구나!

네 손도 네 마음도 더럽혀진 적 없는데.

저마다 달려가고, 서두르고, 자신을 지어내고, 외치고, 화내

몇 년 뒤, 그의 막내딸 아델의 운명이 오래된 악몽을 되살아나게 한다. 레오폴딘이 "백조"였다면 아델은 "비둘기"였다. 1830년 "영광의 3일" 동안 태어난 이 모범적인 딸은 아버지와 가까웠다. 아버지는 딸의 허약함과 우울한 기질을 매우 일찍부터 알아보았다. 아델은 글쓰기와 피아노에 열정을 쏟았고, 만나는 사람들에게 깊은 인상을 남겼다. 1843년 4월 9일 발자크는 한스카 부인에게 보낸 편지에 이렇게 썼다. 그 아이는 "내가 평생 본 중에 가장 예쁜 아이입니다." 언니의 죽음은 아델에게 비극이었다. 두 오빠는 출세주의자였다. 아델은 집에서 지내는 것을, 자기 방의 고독을, 내밀한 일기 쓰기를 좋아했다. 열여섯 살에 그녀는 레오폴딘의 시동생인 오귀스트 바크리를 보고 사랑에 빠진다. 1852년 3월 28일 수첩에 쓴 글에서 그녀는 이미 낭만적 여주인공처럼 꿈을 꾼다.

"얼마 전부터 내 안에서 일렁이는 감정은 무엇 때문

일까? 때로는 순수하고 장엄한 죽음 가운데 위대한 이 상을 향한 격렬한 갈망이, 때로는 위대함이 경감된 삶을 향한 격렬한 갈망이 느껴진다. (…) 때로는 뜨겁게 타오르는 격렬하고 활기 넘치는 삶을 꿈꾸는데, (…) 그럴 때 나는 빅토르 위고의 딸로서 (…) 젊고 아름답고 눈부시게 빛난다. (…) 그러나 딱하게도 때로는 나의 과거를 후회하기도 한다. (…) 그럴 땐 온통 허영과 부패뿐인 이 세속에서 위대함과 사랑으로 이루어진 더 없이 예외적인 이 삶을 왜 '끝내지' 않는지 생각한다. 왜 예외적인 여자로 죽지 않는지."

망명 생활은 그녀의 우울한 기질에는 도움이 되지 않았지만 멋진 영국인 중위를 만나게 해주었다. 그의 이름은 앨버트 핀슨Albert Pinson, 두 사람의 연애(그렇다고 추정된다)는 매우 수수께끼 같다. 1856년부터 심하게 앓고 난 뒤―고열 때문에 며칠 동안 헛소리를 할 정도였다―그녀는 침묵 속에 틀어박힌 채 핀슨에게 여러 통의 편지를 써서 결혼하자고 설득한다.

그로부터 소식이 없자 1863년 6월 어느 날 아델은 달아난다. 위고는 천진하게도 그녀가 어머니가 있는 파리로 갔다고 생각하지만, 아델은 런던으로 갔다가 다시 캐나다의 핼리팩스로 갔다. 이 여행은 재앙으로 변한다. 그녀는 핀슨이 이미 결혼했다는 사실을 알게 되고, 머리가 돌아 그가 있는 앤틸리스 제도의 바베이도스로 간다. 위고 부부는 불안에 사로잡히지만, 어떻게 해야 딸을 돌아오게 설득할 수 있을지 알지 못한다. 1868년, 위고 부인은 딸이 돌아오는 걸 보지 못한 채 세상을 떠나고, 3년 뒤 그녀의 오빠 샤를도 사망한다.

그 이듬해 마침내 아델이 돌아온다. 마흔두 살이 된 그녀는 거의 말을 하지 않고 환청을 듣는다. 빅토르 위고는 즉각 그녀를 생망데 병원에 입원시킨다. 그녀는 1915년 사망할 때까지 그곳에 머문다. 아버지가 세상을 떠날 때 그녀는 무엇을 느꼈을까? 그걸 알기란 어렵다. 우리가 아는 건 그녀가 "애교가 많았고", 종종 유령들과 이야기를 나눴으며, 지칠 줄 모르고 매일 글을 썼다는 사실이다. 그녀가 사망한 뒤 실시된 정신의학적 연구는 수긍할 만한 진단을 내놓았다. 조현병.

27

위대한 여주인공들

빅토르 위고의 작품 속에서 여성은 보조 역할이 아니다. 어머니이든 딸이든, 강인하든 연약하든, 둘 다이든, 깊이를 알 수 없는 '신비'를 품고 "이 땅을 인간이 받아들일 만하게 만드는" 인물들이다. 오직 그뿐이다.

위고는 여성을 신성시한다. 특히 《마리옹 드 로름》, 《메리 튜더》, 《루크레치아 보르자》 같은 극작품에서. 역사는 극작가에게 모험의 관점들을 제공하며, 복잡하고 불안하고 결코 평범하지 않은 여주인공들을 창조하게 해준다. 이를테면 보르자 가문의 유명한 딸, 그 탁월한 악녀에 관심을 쏟은 건 대단히 문학적인 결정이다. 잔인하기로 유명한 이 이탈리아 귀족 여인의 초상에서 그는 그녀가 감추고 있는 모습을 보여주려 한다.

"더없이 흉측하고, 더없이 혐오스럽고, 더없이 복잡

한 정신적 기형을 취해라. 그것을 가장 도드라지는 곳에 놓아라, 육체적 아름다움과 왕가라는 완벽한 조건을 갖춘 채 범죄를 부추기는 여성의 심장 속에, 그 도덕적 기형에 순수한 감정을, 여성이 느낄 수 있는 가장 순수한 모성을 뒤섞어라. 당신의 괴물 속에 어머니를 집어넣어라. 그러면 그 괴물은 흥미를 끌 것이고, 사람을 울릴 것이다. 두려움을 유발하는 그 피조물은 연민을 불러일으킬 테고, 그 뒤틀린 영혼이 당신의 눈에는 거의 아름답게 보일 것이다. (…) 정신적 기형을 순화하는 모성, 이것이 바로 루크레치아 보르자이다."

비극은 이중적이다. 근친상간 죄를 지은 여성이 숨겨진 아들과 맞닥뜨린다. 아들 제나로는 어머니 모르게 어머니를 미칠 듯이 사랑하는 동시에 그녀가 저지른 범죄들을 알기에 그녀를 저주한다. 그 결과 괴물 같은 여주인공은 그 사랑하는 아들에게 죽임을 당한다. 적어도 그녀는 어머니로서 죽는다.

계층만 다를 뿐 팡틴도 모든 점에서 마찬가지다. 그녀의 길 또한 추락의 길이다. 그녀 역시 속수무책의 "가련한" 여자다. 딸 코제트를 끔찍한 테나르디에 부부에게 맡길 수밖에 없는 처지다. 남자들의 폭력의 희생자요 매춘부인 그녀를 마들렌 씨가 된 장 발장이 거둔다. 그는 그녀를 치료해주고 딸을 다시 데려오겠다고 약속한다. 그러나 팡틴은 쇠약해진 나머지 딸을 다시 보지 못하고 사망한다.

위고의 작품 속 여성들은 대개 순교자이다. 에스메랄다를 보자. 미모로 사람의 마음을 사로잡고 결국 공개적으로 교수형을 당하는 이 아름다운 집시는 거리에서 춤을 추는 숭고한 모습으로 《파리의 노트르담》에 처음 등장한다.

"그녀는 춤을 추었다. 발밑에 무심히 던져놓은 낡은 페르시아 양탄자 위에서 소용돌이치듯 빙글빙글 돌았다. 그녀의 눈부신 얼굴이 구경꾼들의 눈앞을 지나칠 때마다 그녀의 커다랗고 검은 두 눈은 광채를 뿜었다. 주변의 모든 눈길이 그녀에게 쏠렸고, 모든 입이 벌어졌다. (…) 초자연적으로 신비로운 아름다움이었다."

주변의 모든 남자들이 그녀에게 홀린다. 프롤로(그녀를 갈망하지만 소유하지 못한다), 푀뷔스(그녀를 사랑하지만 보호해주지 못한다), 그리고 카지모도가. 카지모도는 그녀를 성당에 숨겨주고 보살피며 결국 그녀 곁에서 죽는다.

또 다른 여주인공은 세 남자의 욕망의 대상이 된다. 《에르나니》의 도나 솔이다. 셰익스피어의 줄리엣처럼 그녀는 결혼해서는 안 될 남자를 사랑한다. 그녀는 사랑을 위해서라면 어떤 위험도 무릅쓸 준비가 되어 있는 여자다. 사랑을 절대적 가치로 삼는 여자다. 이를테면 자신이 선택한 남자에게 이런 말을 하는 것도 겁내지 않는 낭만적인 여성이다.

들어보세요,

당신이 어디를 가든 나도 갈 거예요. 당신이 머물건 떠나건,

나는 당신의 것입니다. 내가 왜 이럴까요? 나도 모릅니다.

그저 당신을 보고 싶고, 또 보고 싶어요.

그리고 항상 보고 싶을 겁니다. 당신의 발소리가 사라지면

내 심장도 뛰지 않는 것 같아요

당신이 그리워요, 내겐 내가 없어요

그러나 내가 기다리고 사랑하는 발소리가

내 귀를 두드리면, 그제야 내가 살아 있다는 것을

깨달아요. 그리고 내 정신이 돌아오는 것도 느껴집니다!

28

사형제도

1812년 에스파냐의 부르고스. 빅토르 위고는 열 살이다. 그는 형 외젠 그리고 어머니와 함께 암울한 광경을 목격한다. 처형대와 그것을 둘러싸고 포효하는 군중을 처음 본 것이다. 한 남자가 묶인 채 겁에 질려 있다. 사람들이 그에게 십자가를 들이민다. 위고는 이 처형 장면과 그후 이어진 장면들을 오랫동안 떨쳐내지 못한다. 기요틴이라는 흉악한 짐승은 그의 작품 속 곳곳에, 특히《레 미제라블》곳곳에 자리하고 있다.

"처형대는 하나의 환각이다. 처형대는 구조물이 아니다. 기계가 아니다. 나무와 쇠와 밧줄로 만들어진 무력한 기계장치가 아니다. 그것은 어두운 의중을 가진 존재처럼 보인다. (…) 그것은 집어삼킨다. 육신을 먹고 피를 마신다. (그것은) 판사와 목수가 만든 괴물이고,

그것이 실행한 모든 죽음으로 이루어진 무시무시한 삶을 사는 듯 보이는 유령이다."

이때부터 빅토르 위고는 한 가지 임무를 스스로 결심한다. 그 야만으로부터 인간들을 구하겠다는 임무다. 스물일곱 살에 그는 일평생 가장 힘들었던 싸움에 뛰어든다―목소리와 펜으로 이기려는 싸움이다.

《어느 사형수의 마지막 날》로 그는 세차게 공격을 시도한다. 죽기 직전에 자신의 마지막 생각을 털어놓는 한 인간의 충격적인 이야기를 내놓은 것이다. 진짜 대담성은 그 형식에 있다. 독자가 사형수와 자신을 동일시하도록 작품 전체가 일인칭으로 쓰였다. 사형수의 정체성에 대해서도, 그가 저지른 범죄에 대해서도 아무 단서가 없다. 이 사형수는 감방에 홀로 있고, 우리는 그와 함께 그의 머릿속에 갇혀 있다. 소설은 저자의 이름 없이 1829년에 출간되었다. 그리고 3년 뒤에 위고는 이 책의 서문을 써서 큰 반향을 불러일으킨다. 이 서문은 정치적 투쟁의 시작을 알린다.

"사회는 둘 사이에 존재한다. 징벌이 사회 위에 있고, 복수는 사회 아래에 있다. (…) 사회는 '복수를 위해 처벌'하지는 말아야 한다. 개선하도록 선도해야 한다."

위고의 휴머니즘이 작동한다. 그는 프랑스와 유럽의 사법제도에 맞서 전쟁을 벌인다. 1848년, 그는 국회에서 사형제도 폐지를 위한 유명한 연설을 한다. 1846년에는 피에르 르콩트Pierre Lecomte―퐁텐블로 영지의 숲지기로 루이필리프 왕을 죽이려 한 인물―의 처형에 반대하지만 성공하지 못한다. 또한 그의 아들 샤를이 한 남자의 처형 장면을 신문에 묘사해 법을 어겼다고 비난받자 아들을 옹호하고 나선다. 그러다 1854년 태프너 사건[22]에 격분한다. 그 영국인을 교수형에서 구하는 데 실패한 뒤, 그는 그 남자가 엄청난 고통을 겪었다는 사실을 알게 된다(좀처럼 숨이 끊어지지 않아 그가 죽을 때까지 형리가 그의 발밑에서 온몸으로 밧줄에 매달려야 했다). 이 시절에 여러 그림이 그려졌는데, 목 매달린 형체들에 이런 제목이 붙었다. 'Ecce lex', 이것이 법이다.

1848년, 임시정부는 정치적 성격의 범법 행위에 대한 사형 폐지는 가결하지만, 사형제도 전체의 폐지는

---

22 정확히 밝혀지지 않은 살인죄로 교수형을 선고받은 이 건지 섬 주민을 위해 위고는 주민들과 함께 감형을 청원했다.

기각한다. 2년 뒤, 추방에 반대하면서 빅토르 위고는 다시 한번 뜨거운 생각을 부르짖는다. "(⋯) 우리가 무얼 하든, 무슨 일이 일어나든, 어떤 영감이나 조언을 구하려 할 때마다 나는 우리가 양심이라고 부르는 처녀와 우리가 국가이성이라고 부르는 매춘부 사이에서 절대 망설이지 않을 사람에 속한다."

다시 말해 그의 양심은 사람들이 자랑스러워할 미래를 건설하라고 그에게 촉구했다. 훨씬 훗날인 1981년, 프랑수아 미테랑 대통령 시절에 로베르 바댕테르 Robert Badinter는 사형제도의 "온전하고 단순하며 결정적인" 폐지를 가결한다. 위고는 마지막까지 논쟁의 중심을 범죄가 아니라 범죄의 근원에 두려 했다. 훔치고 살해하도록 인간을 내모는 것은 무엇인가? 소설《클로드 괴》의 말미에서 그는 그 대답이 될 이야기를 한다.

"실제로 누가 죄인입니까? 그입니까? 우리입니까? 이것은 이 시대의 모든 지성에게 던지는 엄중하고 날카로운 질문입니다. (⋯) 중도의 신사분들, 양극단의 신사분들, 민중은 고통받고 있습니다. (⋯) 가난이 성性에 따라 그들을 범죄로 혹은 악덕으로 내몰고 있습니다. 이 질병을 여러분은 잘못 다루고 있습니다. 좀 더 잘 연구해보십시오. (⋯) 형법제도를, 법규를, 감옥을, 판사들을 다시 손보십시오. 법률을 풍습에 맞추십시오. 신사분들, 프랑스에서는 한 해에 사람들의 머리를 너무 많이 자릅니다. (⋯) 도형장에 가보십시오. (⋯) 인간의 법으로 단죄된 그 모든 사람들을 한 명씩 살펴보십시오. 고개 숙인 그 모든 얼굴들을 헤아려보십시오. 그 민중의 머리를 가르치고, 개간하고, 물을 주고, 비옥하게 가꾸고, 빛을 비추고, 교화하고, 활용하십시오. 그러면 그 머리를 자를 필요가 없을 겁니다."

이로써 다른 논쟁이 시작된다. 그 논쟁의 이름은 교육이다.

29

유머

루이 주베Louis Jouvet는 "구조물 속에 (…) 들어가보지" 않고 위고라는 기념비에 감탄하는 걸 안타깝게 생각했다. 위고가 신을 생각하기 위해 눈을 감고, 바다를 바라보기 위해 다시 눈을 뜨는, 진지하고 과묵한 마법사 같은 시인이라는 이미지로 굳어버리는 걸 안타까워했다. 진지한 인간 너머에, 열정적이고 침울한 낭만주의자 너머에 진짜 '익살꾼loustic'이 숨어 있기 때문이다. 이 표현은 《레 미제라블》에서 따온 것으로, 빅토르 위고의 유머에 관해 탁월한 책을 쓴 역사가 앙리 기유맹이 사용한 단어이기도 하다. 위고는 유쾌하고 장난꾸러기였으며 웃음과 일화와 신랄한 비판을 좋아하는 사람이었다.

그의 유머는 어둡거나 현실과 동떨어진 것일 때가 있었고, 때로는 여성비하 성향을 띠는 듯 보이기도 했다. 그러나 그 어떤 경우에도 그에게 유머는 없어서는 안 될 필연적인 것이었다. 그는 "거리의 노래들"을 통해 자신의 정신을 "유쾌하고, 대담하고, 게걸스럽고, 탐욕스럽게" 기르길 좋아했다.

그의 이런 면모를 강조하는 친구들은 많다. 생트뵈브는 그가 재밌을 뿐 아니라 때로는 "지나칠 정도로 유쾌하다"고 생각했다. 신문기자 퐁타네Fontaney는 위고의 집에서 열린 만찬에 대해 즐겨 이야기하며 위고가 "끝도 없이 말장난"을 쏟아냈다고 했다. 연극 비평가 쥘 자냉Jules Janin은 "사랑스러운 얼굴, 편안한 미소, 넘치는 쾌활함, 폭소"로 그의 초상을 그린다. 그런데 그는 무엇에 웃었을까? 빅토르 위고의 유머는 무얼 닮았을까?

⋯우연히 펼친 노트에서 이런 식의 문장들이 보인다. "그 살롱은 내가 보기에 공산주의와 사회주의의 지배를 받는 것 같았다. 그곳에 있는 남자들은 하나같이 똑같고, 여자들은 사회성이 돋보였다."

또 다른 예. "남성에서 여성으로 바뀌면서 의미가 달라지는 말들을 보라. 궁신courtisan은 성격이 밋밋한 편이 유용하다. 그러나 화류계 여자courtisane가 밋밋하다면 참담한 일이다."

영어 단어(특히 위대한 극작가의 이름)의 발음과 관련된 일화도 있다. "셰익스피어! 섹스피르chexpire![23] 마치 오베르뉴 사람이 죽어가며 내는 소리를 듣는 것 같다…"

거리, 복도, 카페 등 주변에서 보거나 들은 이야기도 있다. 주변에서 일어나는 일들을 지인들로부터 전해 듣던 위고는 쥘리에트 드루에로부터 그녀의 하녀가 프랑스어 표현을 망가뜨려놓고도 깨닫지 못한다는 이야기를 듣고 재미있어한다. 어느 날 아침 그 하녀가 일어나자마자 여주인에게 "저는 흑인처럼 잘 잤어요!"[24]라고 말했다는 것이다.

그의 여행 기록에도 번득이는 재치가 넘쳐난다. 위고는 자주 여행길에 올랐고, 여행을 좋아했다. 그러나 특별히 재미있어 하는 날들이 있는가 하면, 무척 지루해하며 투덜거리는 모습도 보인다. "나는 폭포에 목까

---

23 '숨을 거두다'라는 의미의 동사 expirer를 이용해 셰익스피어의 발음과 비슷하게 만든 조어.

24 프랑스어 표현 "들쥐loir처럼 잘 자다"를 "흑인noir처럼 잘 자다"로 잘못 말한 것.

지 잠긴 신세다. (…) 춥고 비가 오는데 하녀까지 못생겼다. 파리 사람들을 만났는데 나를 알아본다. 나에게 인사를 건네며 난감한 때에 재치를 발휘하길 기대한다." 권태는 끔찍하다. 분노는 더 끔찍해서 작가의 유머 능력을 열 배로 높여준다. 그는 싫어하는 정치인들을 '씹는' 걸 즐겼다. 이를테면 1870년 국민방위정부의 임시 대통령이었던 트로쉬 장군 같은 정치인을.

너무 자빠지다[25]의 완료형인 트로쉬가 갖춘

헤아릴 길 없는 덕목들을 몽땅 더하면 제로가 된다.

용감하고 성실하고 독실하고 무능한 이 군인은

너무 후퇴해서 그렇지 좋은 대포다.

열렬한 가톨릭 신자이자 사립 교육을 지지하는 루이 뵈요Louis Veuillot도 위고에게 호되게 얻어맞았다. "사람들이 자네 얘기를 하며 자네를 퀴스트르cuistre라고 부

---

25 트로 슈아르trop choir. 동사 '슈아르choir(넘어지다)'와 부사 '트로trop(너무)'를 결합한 말로, 1870년 보불전쟁에서 수치스럽게 패배한 트로쉬Trochu를 조롱하는 의미이다. '쉬chu'는 동사 choir의 과거완료형이다.

를 때 '이스트르istre'는 그냥 장식이네.[26]" 배신자 나폴레옹 3세의 공범들도 면제받지 못한다. "아! 음흉한 위선자 여러분! 아! 절대주의자 여러분! 당신들은 난로 꼬리를 붙들고 있는 것 아니오? 좀 참아보시오! 마지막에 튀기는 사람이 제대로 튀기리니Frira bien qui frira le dernier.[27]"

26 퀴스트르cuistre는 '유식한 체하는 사람'이라는 뜻이고, 이 단어에서 '이스트르istre'를 빼면 '퀴cu'만 남는데, 퀴는 바보cul라는 뜻이다.

27 "마지막에 웃는 자가 진짜 웃으리니Rira bien qui rira le dernier"를 변형한 문장.

30

중세 취향

샤토브리앙은 전설적인 겸손을 갖추고 중세의 중요성을 강조한 것을 스스로 자랑스러워했다. 그의 《사후 회고록Mémoires d'outre-tombe》에서 이런 말을 읽을 수 있다. "젊은 세기를 불러 늙은 사원寺院들을 감탄하게 한 사람이 바로 나다." 빅토르 위고는 이것을 놓치지 않고 아주 일찍부터 역사에서 잊힌 이 시대에 대한 열정을 품었다.

17세기는 중세를 싫어했다. 너무 낡고 야만적이라고 여겼다. 그래서 고전주의에 영감을 제공한 고대의 사치를 선호했다. 낭만주의가 대두할 즈음에야 예술가와 사상가들이 다시 중세에 관심을 갖게 된다. 위고는 《장미 이야기Le Roman de la Rose》나 월터 스콧의 《아이반호Ivanhoe》를 읽게 해준 샤를 노디에 덕에 이 시대를 발

견한다. 게다가 이 스코틀랜드 작가는 용감한 기사들
의 영광을 노래하는 위고의 몇몇 발라드에 영감을 준
다. 〈혼전La Mêlée〉에서 시인은 노르망디와 웨일스 사
이에 벌어진 유혈낭자한 전투를 묘사한다.

신호가 떨어졌다—화약이 쏟아지는 가운데

그들의 짧고 분주한 발걸음이 벼락처럼 땅을 구른다….

재갈을 집어삼킨 두 마리 흑마처럼

계곡에서 싸우는 두 마리 큰 황소처럼

두 개의 쇳덩이가 요란한 소리를 내며 달려와

청동 이마를 동시에 부딪는다.

나중에 시집 《동방》의 서문에서 중세는 "시의 다른
바다"로 지칭된다. 중세에 대한 언급은 그의 작품 여
러 곳에서 이어진다. 《여러 세기의 전설》, 《성주들Les
Burgraves》, 그리고 작가가 경이로울 정도로 꼼꼼하게
샤를마뉴 대제의 옥좌를 묘사하는 《라인 강Le Rhin》에
서도.

"조각 없이 흰 대리석으로 네 면을 만들고 쇠 서까

래로 접합한, 나지막하고 넓으며 등받이가 둥근 그 안락의자는 좌석 부분이 붉은 벨벳 쿠션으로 덮인 참나무 판자로 만들어졌고, 여섯 개의 단이 올려져 있는데, 그중 둘은 화강암이고 넷은 흰 대리석이다. 이 안락의자 위에 조금 전에 말한 비잔틴 양식의 판 열네 개가 덮였는데, 흰 대리석 계단 네 개로 이어지는 돌단 위 무덤 속에 머리에는 왕관을 쓰고 손에 천체를 들고, 허리춤에는 게르만족의 검을 차고, 어깨에는 제국의 외투를 걸치고, 목에는 예수 그리스도의 십자가를 걸고, 발은 아우구스투스의 석관에 담근 샤를마뉴 대제가 앉아 있었다. 그는 그런 자세로 왕좌에 앉은 채 814년부터 1166년까지 352년 동안 그 그늘 속에 머물렀다."

시간과 더불어 이 매혹은 지나간다. 1860년부터 이 주제는 그의 작품에서 서서히 사라지고, 시인은 《사탄의 종말La Fin de Satan》에서 자신이 예전에 좋아한 "성마르고 참을성 없고 살상하는 고딕 신 / 빛에 붉게 물드는 검은 스테인드글라스 / 그 뒤로 탁탁 소리 내며 타오르는 장작더미" 등을 비난하기까지 한다.

그러나 대성당에 대한 그의 사랑은 온전히 남는다.

그는 여러 책에서 성당의 아름다움을 찬미한다. 어쩌면 그는 중세 자체보다 중세 건축물의 웅장함에 감탄했는지도 모른다. 《파리의 노트르담》에서 이 기념물은 진정한 등장인물이, "도시 중심에 앉은 머리 둘 달린 거대한 스핑크스"가 된다. 그의 친구 오귀스트 바크리는 한발 더 나아가 대성당이 위고 이름의 머리글자인 H자 모양이라고 말하길 좋아했다.

《파리의 노트르담》 3권에서 그는 이렇게 말한다. "(…) 한 인간과 한 민족이 만든 거대한 작품, (…) 한 시대의 온갖 힘이 결합해 만들어낸 경이로운 작품이다. 천재 예술가로부터 지시받은 노동자의 환상이 돌멩이 하나하나에서 백 가지 방식으로 도드라지는 걸 볼 수 있다. 한마디로 신이 만든 작품처럼 강력하고 풍성한 인간의 작품으로, 신의 작품에서 두 가지 특성을 훔쳐낸 것처럼 보인다. 다채로움과 영원을."

위고에게 대성당은 인간이 이룩한 건축의 절정이다. "천진한 불규칙성"으로 사람을 홀리는 예술에서 절대성의 상징이다. 그는 파리의 노트르담 대성당을 샅샅이 알고, 샤르트르 대성당과 스트라스부르 대성당도 좋아한다. 그러나 놀라운 기념물 너머에는 무엇보다 그의 문학적 완벽성의 이상이, 글쓰기에 대한 정신적 투영이 숨어 있다. 마르셀 프루스트가 《되찾은 시간Le Temps retrouvé》에서 자신의 위대한 소설 《잃어버린 시간을 찾아서À la recherche du temps perdu》의 구조를 설명하기 위해 이 유명한 이미지를 사용한 건 탁월한 선택이다.

31

할아버지가 되는 법

어린아이 앞에서 완전히 바보가 되는 나,

조르주와 잔, 두 손주를 안내인으로, 빛으로 삼고

아이들 목소리를 듣고 달려간다,

조르주는 두 살, 잔은 10개월,

녀석들의 존재 시도는 훌륭하게도 서툴러서,

밑그림이 일렁이는 아이들의 말 속에

달아나는 하늘 조각이 보이는 것 같다.

나는 저녁이고, 밤이니,

내 운명은 창백하고 차갑게 퇴색하고 있다.

촉촉해진 마음으로 말해본다, 저 아이들은 여명이야.

아이들의 알쏭달쏭한 대화가 나에게 지평선을 열어준다

아이들은 서로 알아듣고 고개를 끄덕인다.

내 생각이 얼마나 흩어지는지 보라.

내 안엔 욕망과 계획, 헛된 것들만 있고,

현명한 것들은 모두 저 아이들의 총기 속에 있다.

나는 그저 꿈꾸는 사람일 뿐.

이 시는 빅토르 위고가 말년에 쓴 시이다. 일흔다섯 살을 넘긴 작가는 다시 파리의 의원이 되고(확실하게 좌파로) 행복한 할아버지도 된다. 그가 손주들을 향한 사랑을 이야기하고 싶어진 건 건지 섬—프랑스에 돌아온 뒤로도 제2의 거주지가 된—에서다. 처음엔 그냥 긴 시 한 편이었다. 그러다 과거의 상처가 담겨 있긴 하지만 명백히 낙천적인 음색의 시집이 된다. 이 무렵 위고는 이미 자식 넷을 잃었다.

"아무려면 어떠한가. 목표를 향해 계속 나아가자. 인간이 열쇠를 쥐고 있기만 하면 만사는 오랫동안 닫혀 있지 않다." 그는 〈끈기Persévérance〉라는 시의 서두에 이렇게 썼다. 이제는 "할아버지가 되는 법"에 기쁨이 있다. 좋아하는 주제들(정치, 진보, 민중)을 포기하지는 않았지만, 보다 내밀한 여담도 허용한다. 그가 '손주들'과 함께 식물원을 거닐고 아이들이 평화롭게 자는 모습을 바라보거나 기회만 되면 땅바닥에 앉아 아이들과 함께 노는 모습을 보고 놀라는 사람도 있었다.

샤를의 두 아이 조르주와 잔은 이 작품의 첫 수취인들이다. 1871년 샤를이 사망했을 때 이 아이들은 각각 세 살과 두 살이었다. 위고는 아이들을 거두어 위고 부인이 사망한 뒤로 그의 공식적인 동반자가 된 쥘리에트 드루에의 도움을 받아 기른다. 이 두 아이의 성년 이후의 삶에 대해서는 자세히 알려진 바가 없다. 잔은 레옹 도데Léon Daudet(《풍차 방앗간 편지》를 쓴 유명한 작가 알퐁스 도데의 아들)와 결혼했고, 조르주는 화가가 되어 "파파파"라는 별명으로 불렸던 할아버지와의 추억을 모은 귀중한 책을 한 권 남겼다. 그 '회고록'에 모든 것이 기록되었다. 먼 기억과 매우 선명한 이미지들까지. 이를테면 위고가 아침 일찍 실내복 차림으로 "잡동사니"가 쌓인 책상에서 작업하거나 "선량한 식인귀"처럼 바닷가재를 이로 자르던 모습까지도.

회고록에서 조르주는 다음과 같이 말한다. "(…) 그 우수 어린 긍지를, 그 압도적인 기쁨을 표현할 말을 찾기 힘들다. (…) 오늘 나는 할아버지가 우리를 위해 쓴

시를 생각한다. (…) 내 손을 잡고 이제는 이 세상에 없
는 사람들의 안락한 내밀함 속으로 우리를 이끌어주던
할아버지의 다정한 손길을 나는 항상 느낄 것이다."

뒤쪽에서 그는 할아버지 곁에서 보낸 마지막 기억
중 하나를 떠올린다. 쇠약해진 위고가 노인으로서 청
년에게 조언 몇 마디를 했던 모양이다.

"사랑!… 사랑을 찾거라! 사랑은 선량한 인간을 더
나은 인간으로 만들어줘!… 기쁨을 주거라, 할 수 있는
한 사랑해서 기쁨을 누려라… 얘야, 사랑해야 한다. 평
생 사랑해야 해…"

위고는 1885년 5월 22일에 파리 16구에 자리한 그
의 아파트에서 사망한다. 그의 마지막 의지는 지켜져
서 그의 시신은 '가난한 이들의 영구차'에 실렸다. 관
은 개선문 아래에 놓였다가 6월 1일에 팡테옹으로 옮
겨졌다. 100만이 넘는 사람들이 그 뒤를 따랐다.

32

교육

소설 《클로드 괴》는 위고가 교육을 위해 쓴 가장 멋진 변론 중 하나다. 이 책은 실제 이야기를 다루고 있다. 한 남자가 가족을 먹이기 위해 도둑질을 하고 감옥에 간다. 거기서 다른 수감자와 우정을 맺는데, 어느 날 그 수감자가 다른 감방으로 옮겨진다. 클로드 괴는 항의한다. 격분해서 간수를 죽이고 사형선고를 받는다.

이야기 말미에 이르러 작가는 그런 사람들을 만들어놓고 살해하는 사회—그가 속한 사회—를 목소리 높여 비판한다. 위고가 보기에 인간이 살인을 저지르는 건 사회가 그렇게 내몰기 때문이다.

"신사 여러분, 프랑스에서는 한 해에 사람들의 머리를 너무 많이 자릅니다. 여러분은 절약을 실천하고 있으니 그 분야에서도 절약을 좀 하십시오. 제거하는 걸

몹시 좋아하시니 형리를 제거하십시오. 형리 80명의 봉급이면 학교 교사 600명을 고용할 수 있을 겁니다. 다수의 민중을 생각해보십시오. 아이들에겐 학교가, 성인들에겐 작업장이 필요합니다. 프랑스는 유럽에서 글을 읽을 줄 아는 국민이 가장 적은 나라 중 하나라는 사실을 아십니까? (…) 이건 수치입니다. 도형장에 가보십시오. (…) 그 모든 머리들을 만져보십시오. (…) 교육받지 못한 그 가련한 머리들의 첫 번째 과오는 그들의 본성에 있었겠지만, 두 번째 과오는 분명 교육에 있습니다."

위고의 생각에 따르면, 다른 인간보다 더 나쁜 인간은 없다. 반면 어떤 사람은 다른 사람보다 똑똑할 수 있다. 정신의 힘을 개발할 기회가 그 사람에게 주어졌기 때문이다. 이 소설은 1834년에 출간되었는데, 이후에 이어질 위고의 공화주의적 참여가 이미 엿보인다.

1848년 제헌의회 의원으로 선출된(보수파로) 그는 사형제도와 가난에 반대하는 담론을 연이어 내놓으면서 자기 진영과의 골이 점점 더 깊어진다. 가장 가난한 자들에게 가해진 불의에 대한 그의 성찰은 학교 문제로 이어져 1850년부터 논쟁거리가 된다.

팔루 백작(가톨릭 성향의)은 공화국의 새 대통령 루이 나폴레옹 보나파르트의 지시로 교육개혁을 준비하는 책임을 맡는다. 정부는 1848년의 마지막 바리케이드들로 뒤흔들린 사회질서의 복원을 바란다. 비종교적인 교사들에 적대적이었던 팔루는 모든 초등학교를 교회의 통제 아래 둘 것을 제안한다. 그러나 뿌리 깊이 반교권주의자인 빅토르 위고가 자신에게 맞서고 있다는 사실을 잊은 것이다. 1850년 1월 15일에 위고가 국회 연단에서 한 연설은 그를 좌파로 기울도록 떠민다.

"(…) 저는 교회의 가르침이 교회 밖이 아니라 교회 안에서 이루어지길 바랍니다. (…) 제가 바라는 건 (…) 우리 선조들이 바랐던 것으로, 교회는 교회가 있어야 할 곳에, 국가는 국가가 있어야 할 곳에 있는 것입니다. (…) 저는 이 고귀한 나라를 위해 압박이 아니라 자유를, 축소가 아니라 지속적인 성장을, 굴종이 아니라 강력한 힘을, 소멸이 아니라 위대함을 원하는 사람 중 한 명입니다! 그런데 뭡니까! 이것이 당신들이 우리에게 내놓는 법률입니까? (…) 당신들은 인간의 생각을 화석처럼 굳히기를, 신성한 횃불을 꺼뜨리고 정신을 물질화하기를 바랍니까! (…) 진보를 바라지 않으십니까? 그러다가는 혁명을 얻게 될 겁니다. '인류는 걷지 못할 것이다.' 이런 말을 할 만큼 정신 나간 사람들에게 신은 지진으로 응답할 것입니다!"

이 연설은 선풍적인 반응을 일으켰지만, 법률은 결국 통과되었다. '무상' '의무' '비종교적' 교육에 대한 빅토르 위고의 싸움은 계속된다. 그의 신념은 흔들리지 않는다. 그가 《윌리엄 셰익스피어》에서 윤곽을 그려 보였듯이, 교육은 인간을 구하는 힘을 가졌다.

"민중을 교육하는 것, 이것이 가장 시급하다 (…).

존재한다는 건 이해하는 것이다. 존재한다는 건 현재에 대해 미소 짓는 일이고, 담장 너머로 미래를 바라보는 일이다. 존재한다는 건 내 안에 저울을 가지고 선과 악을 재는 일이다. 존재한다는 건 정의를, 진실을, 이성을, 헌신을, 정직을, 성실을, 양식良識을 갖는 것이고, 권리와 의무를 마음에 묶어두는 것이다. 존재한다는 건 가치 있는 것을, 우리가 할 수 있는 것을, 해야 하는 것을 아는 일이다. 존재는 자각이다."

교육자는 마치 의사처럼 소외라는 질병을 치료하기 위해 적정량의 책을 처방한다. 그리고 사람들의 머리와 심장을 함양해줄 유일한 인물로 문인을 지명한다.

"인간에게 인간적 목표를 보여준 뒤 먼저 지성을 향상하고 나서 동물성을 개선하는 것, 육신을 경멸하면 생각을 멸시하게 될 것이니 자기 자신의 육신에 본보기를 보이는 것, 바로 이것이 작가들이 시급하게 이행해야 할 의무다.

이것이 모든 시대를 통틀어 재능 있는 자들이 한 일이다.

문명의 빛을 깊이 통찰하고, 시인이 무엇에 쓸모가 있는지 자문해보라. 이런 일에 쓸모가 있다."

33

그림 그리는 위고

빅토르 위고는 언제나 말과 이미지를 통한 창작을 생각했다. 그에게 글과 그림은 상호보완적이어서 떼어놓을 수 없는 요소다. 그가 파리의 코르디에 학교에서 기숙 생활을 할 때 쓴 공책만 봐도 알 수 있다. 그는 공책 여백에 알파벳을 과감한 형태로 상상해서 그리길 좋아했다. '만리우스의 죽음'이나 '카르타고인들의 계략' 등 역사적 일화들도 그린다. 그러나 훨씬 나중인 1830년대 초에 쥘리에트 드루에와 함께 유럽을 유랑하면서 그림은 거의 그의 일상적인 소일거리가 된다.

두 연인은 함께 여행을 많이 다녔다. 브르타뉴(쥘리에트의 고향), 알자스, 부르고뉴, 그리고 라인 강을 따라 여행할 때면 위고는 항상 수첩이나 종이를 들고 다녔다. 그리고 보는 것마다 그렸다. 호숫가의 나무 세 그루, 루체른 주 어느 마을의 오래된 다리, 쥐가 들끓는 성탑, 독일 빙겐 근처에서 그린 숭고한 그림의 뒷배경에는 언덕 위에 자리한 중세풍 오두막의 윤곽이 보인다.

위고는 점차 자신의 재능을 깨닫는다. 친구들 앞에 서는 초보처럼 굴지만. 테아트르 프랑세의 여배우 쥐디트 부인은 어느 날 저녁 빅토르 위고가 알렉상드르 뒤마의 집에서 저녁 식사를 할 때 했던 말을 자신의 《회고록》에서 전한다. "제2의 렘브란트가 되었더라면 좋았을걸. 그렇게 될 수도 있었을 텐데 말이야!" 렘브란트라는 모델은 우연히 선택된 것이 아니다. 위고는 명암법을 좋아했다. 빛과 그림자의 충돌은 그의 그림과 시 작품에서 떠나지 않는다.

시인이자 에세이 작가인 아니 르 브룅은 검은색에 대한 위고의 끌림을 멋들어지게 연구했다. 그녀의 생각에 따르면 검은색은 위고의 작품 속에서 '무지갯빛'으로 굴절된다는 것이다. 앞선 동료들—소설가 메리 셸리Mary Shelley와 매튜 그레고리 루이스Matthew Gregory Lewis—과 마찬가지로 어두운 길에 영향을 받은 위고는 《뷔자르갈》에서는 섬의 '검은색'에, 《파리의 노트르

담》에서는 고딕식 '검정'에,《레 미제라블》에서는 최하
층민의 검은색에 열중한다. "모든 사물을 세심히 바라
보는 자"를 자처하는 그는 깊은 어둠의 다양한 잠재성
에 매료되어 그 어둠에서 결코 눈을 떼지 않았다.

그는 루이 불랑제Louis Boulanger, 폴 위에Paul Huet, 셀
레스탱 낭퇴유Célestin Nanteuil, 외젠 들라크루아Eugène
Delacroix 등 화가 친구들에게서 열심히 그림을 배운다.
그러나 얼마 지나지 않아 단순한 크레용이나 펜을 버
리고 자기만의 온갖 기법을 실험한다. 지문, 성냥, 식물
도 예술적 쓰임새를 가질 수 있다. 때로는 커피 가루나
담뱃재가 잉크를 대신한다. 선이 훨씬 대담해지고 세
부적인 것에 덜 얽매인다.

흔들리고 불안정했던 그의 데생과 그림은 순수 사실
주의에서 서서히 멀어져 '조금 야생적'으로 변한다. 노
르망디의 섬에서 망명 생활을 하는 동안 그린 바다 풍
경 크로키는 이런 점에서 매혹적이다. 개중 여러 그림
이 1866년에 출간된 그의 소설《바다의 일꾼들》에 삽
화로 들어간다. 그 그림들에서 그의 친구 보들레르가
말한 "마치 하늘의 신비처럼 (…) 흐르는" "장엄한 상

상"을 볼 수 있다. 관점들이 거꾸로 뒤집히고, 요소들은 움직이는 것처럼 보인다. 그 그림들을 보면 마치 그의 정신의 어둠 속으로 빠져드는 것 같다.

빅토르 위고는 수백 점의 그림을 그렸다. 그중에는 캐리커처도 많다. 그는 목탄으로 몇 번 선을 그어 검은 머리의 군대 수장을, 죄의식 어린 미소를 띤 사제를, 혹은 편협한 정신의 판사를 그리길 좋아했다. 그림은 그가 이미 글로 옮긴 것을 다르게 표현하도록 해주었다. 그는 그림을 통해 세상에 대한 다른 해석 가능성을 탐색했고, 그림은 두 눈을 크게 뜬 채 지칠 줄 모르고 현실을 정복하려는 그의 시도를 연장해주었다.

34
흑인 옹호

빅토르 위고가 해온 많은 투쟁 가운데 잘 언급되지 않는 것이 있다. 그가 노예제도에 반대하고 흑인들의 권리를 위해 싸웠다는 점이다.

그는 열여섯 살에 소설 《뷕자르갈》의 첫 버전을 쓰면서 이 주제를 붙든다. 잘 알려지지 않았지만 중요한 책이다. 이야기는 1791년 산토도밍고에서 펼쳐진다. 화자 도베르네는 삼촌의 노예 중 한 명과 우정을 맺게 된다. 피에로라는 노예인데, 피에로는 부유한 식민지 개척자들에 맞서는 흑인들의 봉기에 앞장서면서 뷕자르갈이라는 별명으로 불리게 된다. 전쟁이 시작되고 많은 사망자가 발생한다. 19세기 초 아이티의 독립으로 이어질 전쟁이다.

빅토르 위고는 몇 년 앞서 노예제도의 부조리를 고

발한 몽테스키외와 콩도르세의 성찰을 이어간다. 1860 년 3월 31일 그가 아이티 국민에게 쓴 편지가 〈르 프로그레Le Progrès〉라는 신문에 실렸는데, 내용은 다음과 같다.

"지구상에는 백인도 흑인도 없습니다. 여러 정신이 있고, 여러분도 그중 하나입니다. 신 앞에서 모든 영혼은 백색입니다. 나는 여러분의 나라를, 여러분의 인종을, 여러분의 자유를, 여러분의 혁명을, 여러분의 공화국을 좋아합니다. 오늘날 자유로운 영혼들은 온화하고 멋진 여러분의 섬을 좋아합니다. 그 섬이 훌륭한 본보기를 제공했습니다. 전제정치를 부순 것입니다. 우리가 노예제도를 타파하는 데도 도움이 될 것입니다."

이 시절, 특히 미국에서 노예제도 폐지 문제가 제기된다. 1820년대 초부터 미국은 정부의 결정에 따라 양분되었다. 남부에서는 노예제도가 여전히 번성하고, 북부에서는 차츰 사라진다. 흑인들이 아직 자유인의 지위를 얻지는 못했지만 말이다. 남부를 떠나 북부로 가는 '도망자'의 수가 폭발적으로 늘어나면서 노예제도 폐지론자들의 운동이 확산된다. 이 운동에 가장 활발하게 참여한 인물 중 한 사람의 이야기가 1859년 가을에 주목받는다. 일명 '존 브라운 사건'이다. 이 사건은 미국에서 화젯거리가 되고 대서양 너머에까지 열정을 불러일으킨다.

빅토르 위고는 신문을 통해 그 사건을 알게 된다. 그리고 그 흔치 않은 고집 센 남자의 이야기에 감동한다. 그는 백인으로서 흑인들을 노예 상태에서 해방하기 위해 자기 목숨까지 걸었다. 그러나 브라운이 그 지역의 노예들을 해방하는 데 쓸 목적으로 버지니아 하퍼스 페리의 무기고를 점령한 날 모든 것이 망가진다. 그와 그의 무리는 연방군의 총을 맞고 쓰러진다. 중상을 입고 투옥된 그는 형식적인 재판에서 사형선고를 받는다. 1859년 12월 2일, 위고는 버지니아 주지사에게 편지를 써 죄수의 사면을 요청한다. 그 편지의 제목은 '미합중국에'이다.

"브라운, 그 해방자, 그리스도의 전사가 시도한 일을 곰곰이 성찰해보고 그가 곧 미 공화국에서 목이 잘려 죽게 되리라는 걸 생각해볼 때 (…), 그 행위는 그것을 범하는 국가의 규모만큼 막중합니다. (…) 저는 한낱 원자原子에 불과하지만, 다른 모든 인간처럼 마음속에 인간적 양심을 지녔기에 눈물을 머금고 신세계의 성조기 앞에 무릎 꿇고 깊은 존중심을 품은 채 고명한 미 공화국이 보편적 도덕법에 따라 다시 숙고해 존 브라운의 목숨만은 살려주기를 두 손 모아 간청합니다. (…) 그렇습니다, 카인이 아벨을 죽인 일보다 더 끔찍한 건 워싱턴이 스파르타쿠스를 죽이는 것임을 미국이 부디 유념하길 바랍니다."

이렇게 그는 미국 독립의 영웅과 고대에 노예들이 일으킨 가장 큰 항거를 이끈 수장을 환기했지만, 이것으로 브라운의 사면을 얻어내지는 못한다. 위고가 이 글을 보낸 바로 그날 브라운은 처형된다.

이 순교자의 그림자가, 다른 여러 순교자와 마찬가지로 그의 작품 위를 떠돈다. 그는 "누군가는 패자들 편에 서야 한다"라고 《레 미제라블》에 쓴다. 그는 핍박받는 자들, "흔들리지 않는 이상의 논리를 가지고 위대한 작품을 위해 싸우는 (…) 당당한" 사람들 편에 언제나 설 것이다.

1865년 4월 9일, 수정헌법 13조로 미국 영토에서 노

예제도가 폐지된다. 생애 마지막까지 위고를 사로잡을
또 하나의 투쟁은 사형제이고, 이기기 어려운 투쟁이
된다.

35

올랭피오

빅토르 위고가 만들어 유명해진 분신이 있다. 그는 그 분신의 목소리를 통해 세상에 대한 낭만주의적 비전을 표현할 수 있었다. 그 분신의 이름은 올랭피오다….

"(…) 살다 보면 이런 순간이 닥쳐온다. 지평선이 자꾸만 확장되어 한 인간이 자기 이름으로 계속 말하기엔 스스로 너무 왜소하다고 느껴지는 순간이. 그리하여 그는 시인을, 철학자를, 혹은 사상가를 창조하고, 그 인물에 자신을 육화하고 구현한다. 그 인물은 여전히 인간이지만 더는 '나'가 아니다."

시집 《내면의 목소리들》에 실린, 가면의 선택에 대한 글이다. 3년 뒤, 그는 이 글을 《빛과 그림자》에 수록되어 유명해진 시 〈올랭피오의 슬픔〉 도입부에 넣는다. 운문으로 된 이 긴 탄식은 1837년에 쓰였다. 빅토르 위고가 홀로 비에브르 계곡을 돌아보고 난 뒤였다. 그곳은 추억이 가득 서린 장소다. 1834년과 1835년 여름 동안 쥘리에트 드루에와 그가 그곳에서 종종 재회했다. 그 시절 젊은 두 연인은 서로를 안 지 1년이 채 되지 않아 파리에서 멀리 떠나길 좋아했다. 두 사람은 위고가 그들의 사랑을 지키기 위해 임시로 빌린 메스Metz의 집에 머물며 주변 숲을 거닐었다. 순수한 기쁨의 순간들이었다.

그러나 1837년 10월의 어느 날 홀로 그곳을 찾았을 때 위고는 향수에 젖었다. 그때 쓴 시에서 그는 달아난 날들과 순간적인 행복을 이야기한다. 시간은 흘러갔고, 그의 삶은 변했다. 형 외젠(몇 년 전부터 샤랑통 병원에 입원해 있던)도 죽었다. 딸 아델은 중병에 걸렸다. 그는 아카데미 프랑세즈의 입회에 여러 차례 실패했다. 게다가 마땅히 언급해야 할 일이 하나 있는데, 눈이 아프다는 것이다. 그는 시력이 매우 약해져 일상에서 두꺼운 '파란색 안경'을 껴야만 한다. 정신의 피로에 육신의 쇠약이 겹치고, 흘러가는 시간만 속수무책으로 확인해야 하는 마음의 통증까지 더해진다.

그는 모든 걸 다시 보고 싶었다. 샘가의 연못,

온정에 주머니가 빈 오두막,

구부정하게 휜 늙은 물푸레나무,

외진 숲속 깊이 은둔한 사랑,

나무에 기대어 나눈 입맞춤으로 하나가 된 영혼들은

모든 걸 잊었다.

그는 정원을, 외딴집을 찾았다.

비스듬한 눈길로 울타리 넘어 바라본

비탈길의 과수들도.

창백한 얼굴로 그는 걸었다—무겁고 울적한 발소리에

나무마다 사라져간 날들의 그림자가

일어서는 게 보였다,

　마치 자연은 시인이 열정적으로 경험한 사랑을 잊은 듯 보였다. 그가 정말로 사랑했던가? 한낱 꿈은 아니었을까? "이제 우리는 존재하지 않는 걸까? 우리가 우리의 시간을 가졌던가? / 무엇도 그 시간을 우리의 피상적인 외침에 돌려주지 못할까?" 때는 낭만주의가 한창이던 시절이다. 눈물에 젖은 시인은 앞서 시간의 흐름

을 마주하고 인생무상을 이야기한 라마르틴의 시 〈호
수〉의 오른쪽 계보에 자리한다. 올랭피오는 방황 속에
서 같은 이야기를 한다. 다행히도 시적 충동이 그를 삶
으로 이끈다. 설명할 길 없지만, 소중한 추억이 어둠에
서 벗어나 거기 고스란히 남아 있다. 그 추억 안에서
그는 과거를 다시 붙들 수 있다.

등불을 들고 무언가 찾는 사람처럼

현실의 사물들과 동떨어져, 깔깔거리는 세상과 동떨어져,

그녀는 느릿느릿 어두운 비탈길로 온다.

마음속 나락의 애통한 바닥까지 온다.

거기, 어떤 빛도 빛나지 않는 어둠 속에서,

모든 것이 끝난 것 같은 캄캄한 주름 속에서,

영혼은 베일 아래 아직 펄떡이는 무언가를 느낀다.

어둠 속에 잠든 그대, 오 성스러운 추억이여!

36
심령술로 움직이는 탁자

빅토르 위고는 당대의 가장 존경받는 인물 중 한 사람이었다. 격찬받는 시인, 성공한 소설가, 적극적으로 참여하는 정치가, 아카데미 회원이자 프랑스 귀족원 의원. 그러니 이런 사람이 매우 진지하게 유령을 믿었다고 어찌 상상할 수 있겠는가? 그것은 갑작스러운 욕망에서 나온 것도 아니고, 나이가 들면서 생긴 기행도 아니었다. 위고는 2년 가까이 사자死者들과 이야기하며 지냈고, 아들 샤를의 도움을 받아 저승과 나눈 대화를 꼼꼼히 옮겨 적었다. 그러나 그는 이 '노트'가 비밀로 남기를 바랐다. 평판 때문이었다. 만약 그 노트가 출간된다면 사후출판이어야만 했다. 그의 정치적·문학적 경력에 누가 될지 모를 기록이었기 때문이다.

오늘날 우리는 그 노트를 읽을 수 있다. 우리 수중에

들어오게 된 단 두 권의 노트는 《탁자의 책Le Livre des tables》이라는 저작물에 실렸다. 여기서 우리는 사후세계와 영혼이 말을 한다는 생각에 매료되어 1853년 가을에서 1855년 말 사이에 심령 모임에 정기적으로 참석한 낯선 빅토르 위고의 모습을 발견한다.

그 시절 그는 1년 가까이 모든 것과 동떨어져, 바다를 마주한 저지 섬의 기이한 집에서 살고 있었다. 그곳엔 기분 전환을 할 도서관도 극장도 미술관도 없었다. 그는 지루했고, 딸 레오폴딘의 죽음에서 여전히 헤어나지 못하고 있었다.

빅토르 위고는 "그 작은 자유로운 땅"에서 노르망디 바다를 내려다보며 글을 쓰고, 바다를 따라 거닐고, 혼백들과 대화했다. 그의 친구 델핀 드 지라르댕Delphine de Girardin이 그를 심령 탁자에 입문시켰다. 그 당시 심령술은 대서양 너머에서 매우 유행했다. 그 여성 시인은 그가 도착하자마자 모든 걸 준비했고, 위고 가족은 처음엔 미심쩍어하다가 동참했다. 그러나 아무 일도 일어나지 않았다. 탁자는 움직이지 않았다. 델핀은 다른 탁자를 사왔다. 새로 사온 탁자는 둥글고 다리가 세

개였다. 그 탁자로 다시 시작했다. 여전히 아무 움직임이 없었다. 그들은 좌절하지 않고 1853년 9월 11일에 다른 증인들과 함께 다시 실험을 시도했다. 이날 저녁엔 델핀, 위고 부부, 두 아들 샤를과 프랑수아빅토르, 딸 아델, 르 플로 장군 부부, 앙리 드 트레브뇌 백작과 그의 친구 오귀스트 바크리가 자리했다. 영혼은 호출받고 응답했다.

명확한 신호가 있었다. 한 번은 '긍정', 두 번은 '부정'을 뜻했다. 알파벳에도 동일한 방식이 적용되었다. 한 번은 A, 두 번은 B, 여섯 번은 F, 이런 식으로. 델핀 드 지라르댕이 "누구 있어요?"라고 묻자 "탁자가 다리 한쪽을 들고 내리지 않아" 모두가 놀랐다. 혼령은 자신을 "자매 영혼"이라고 소개했다―모두가 그 혼령이 위고가 사랑했던 죽은 딸 레오폴딘이라고 생각했다.

그 혼령과 위고가 주고받은 것으로 추정되는 대화를 옮겨적은 내용은 믿기 힘들다.

―너는 행복하니? (위고가 물었다.)

―네. (레오폴딘이 대답했다.)

―넌 어디 있니?

―빛. (그녀가 대답했다.)

―너한테 가려면 내가 어떻게 해야 하니?

―사랑해야 돼요.

더는 의심할 여지가 없었다. 그의 '다정한 천사'가 곁에 와 있었다. 시집 《관조》에서 다시 태어난 '어둠의 입구'는 분명히 존재해서 샤토브리앙, 볼테르, 아리스토텔레스, 나폴레옹 1세, 마호메트, 루터, 앙드레 셰니에, 셰익스피어 등 아름다운 혼령들을 서로 만나게 해준다. 역사 속 이 모든 위대한 인간들이 빅토르 위고의 심령 탁자에서 만난 모양이다. 심지어 예수 그리스도까지! 연이어 며칠 동안 참석한 위고는 이 모임에 맛을 들였다. 심령 모임은 그를 위로해주고 그에게 영감을 주는 듯했다. 더구나 《관조》의 3분의 2가 이 시기에 쓰인다.

여러 달이 흐르면서 심령 모임에 자주 참석하던 사람들 가운데 한 명인 쥘 알릭스의 정신이 이상해진다. 이후 위고는 이 모임과 조금 거리를 두기로 마음먹고,

1855년 여름이 끝날 무렵에는 완전히 그만둔다. 몇 주 뒤 위고 가족은 짐을 싸서 건지 섬으로 이사한다. 그후 탁자는 더이상 말을 하지 않는다.

오늘날 의혹은 여전히 남아 있다. 그가 저승과 나눈 대화의 진실성은 자주 도마에 오른다. 심령 모임에 대한 기록은 사실이다. 그러나 펜을 쥔 샤를이 혼령 놀이에 열중해서 문학 연습을 한 게 아닐까 상상해볼 수도 있다. 위고가 자기 딸의 유령과 '대화한' 건 아닐지라도 딸의 그림자와 일상적으로 함께 지냈던 건 명백한 사실이다.

37

《여러 세기의 전설》

내적 고통과 재탄생의 시집 《관조》가 출간되고 얼마 후인 1856년, 빅토르 위고는 어느 친구에게 쓴 편지에서 말했듯이 "어떤 꼭대기로 군중을 끌어올릴" 엄청난 책을 구상한다. 그에겐 야심 찬 계획이 하나 있었다. 인간들의 역사를, 그들의 우여곡절을, 그들의 비극을, 그들의 논쟁을, 그들의 성공을 시로 쓰는 것이었다. 한마디로 "인간이라는 미궁의 불가사의한 실타래"의 진실을 찾는 것이었다. 그가 염두에 둔 작품이 바로 《여러 세기의 전설》이다.

집필은 망명 시절의 몇 년에 걸쳐 이루어진다. 위고는 이 시집을 '프랑스에' 헌정하고 '낙엽 한 장'이라도 보내듯 프랑스에 보낸다.

1부는 1859년 브뤼셀과 파리에서 출간되었다. 위고

에게는 중요한 해다. 나폴레옹 3세가 정치적 망명자들이 프랑스로 돌아오는 것을 허락했음에도 그가 돌아가기를 거부한 때이다. 조국을 떠나온 지 8년째이지만 시인은 잘 버티고 있다. "내가 한순간이라도 사면에 관심을 기울이리라고 생각하는 사람은 없을 것이다. 현재 프랑스가 처한 상황에서 절대적이고 굽히지 않는 항의를 계속하는 것, 바로 여기에 내 의무가 있다."

'작은 서사시'라는 제목을 단《여러 세기의 전설》의 머리말처럼 선언은 근엄하다. 거기서 위고는 다시 한번 제2제정에 맞서고 자유 민주주의를 옹호하는 입장을 고수한다. 그는 머리말에 독자여, 미리 알아두시라, "이 책 속에는 유쾌한 그림이 드문데, 그건 역사에서 그런 그림을 자주 볼 수 없기 때문이다"라고 쓴다. 시인은 인간을 그리기로, "하나이면서 다수이고, 음산하면서 빛나는, 치명적이면서 성스러운 위대한 인간의 얼굴을" 그리기로 마음먹는다.

태초에 아담과 이브가 있었고, 이후 예수와 로마의 쇠퇴가 온다. '기독교 시대' 이후로 위고는 샤를마뉴 대제를 호출하고, 터키를 탐색하고, 이탈리아 르네상스로, 종교재판으로, 17세기로 우리를 데려가 결국엔 이 단어에 이른다. '지금.' 여기서 피 흘리는 전사라는 인류의 이미지가 등장한다—아직은 영웅주의에 젖은 인류다.

그러나 불의와 가난으로 퇴색한 현재의 시간이 그 이미지를 지운다. 이 시집은 〈가난한 사람들〉 같은 시들로 사회 문제를 부각함으로써 더 정치적인 성향을 보인다. 몰락해가는 시대를 마주하고 우리는 무얼 할 수 있을까? '폭풍'을 어떻게 가로지를까? 시인은 "이 세상은 죽었다. 뭐라고!"라고 말한다. "인간도 죽었나?"

노랗게 변한 나뭇잎처럼 인간도

어둠 속으로 떠났을까? 끝난 걸까?

밀물과 썰물만이 가고, 오고, 지나가고, 다시 지나가네.

눈은 공간에 부재하는 인간을 되찾으려

헛되이 아래를 바라보지만, 아무것도 없네.

저 위를 보라.

인간이 다시 등장한다. 독재자들, 왕들, 사제들을 마

주하고도, 전쟁의 공포, 추락, 타락, 파멸을 마주하고도
"인간의 담대함"은 약해지지 않는다. 진보의 힘겨운
여정을 그리는 시적이면서 철학적인 이 음울한 시집
속에도 약간의 희망은 있다. 오래전부터 그의 '친구'가
아닌 생트뵈브는 이 작품을 표적으로 삼고 그 포부를
애석해한다. "웬 힘의 낭비인가! 모든 점에서 과장과
과잉이 넘쳐난다! (…) 섬세한 정신, 진정한 감수성, 재
치와 취향은 흔적도 없다."

　《여러 세기의 전설》의 후속편은 1877년에, 그리고
빅토르 위고가 죽기 2년 전인 1883년에 출간된다. 그
는 "느리고 최종적인 자유의 부활"을 보려는 희망을
결코 잃지 않았다.

38

떠나가는 힘

"내 생각은 이것이다. '언제나 전진.' 만약 신께서 인간이 물러서길 바라셨다면 인간의 머리 뒤쪽에 눈을 달았을 것이다." 《93년》에서 빅토르 위고는 실용주의적 면모를 보인다. 그는 정말이지 낙관주의자다. 한 번도 절망에 굴한 적이 없다. 절망을 만났고, 때로는 절망에 빠져 허덕였지만, 그 무엇에도 고개 숙이지 않았다. 어떤 시련, 어떤 역경에도.

그의 여정은 항구적인 도약이다. 정치적·문학적·감정적 차원에서 위고의 길은 조밀하고 구불구불하게 이어진다. 하지만 불가사의한 힘이 그를 살게 하고, 앞으로 나아가게 한다. 그 힘은 도나 솔의 연인, 도망자, 사랑하는 여인에게 자신을 잊고 살라고 말하는 영원한 추방자 에르나니의 힘을 닮았다.

도나 솔, 공작을 택하시오, 지옥을 택하시오, 왕을 택하시오!

그게 좋겠소. 내가 아닌 모든 것이 나보다 낫소!

이젠 나를 기억하는 친구 하나 없소.

모두가 나를 떠나오. 당신도 떠날 때가 되었소.

난 혼자여야 하오. 나의 감염을 피하시오.

나에게 종교를 사랑하라고 말하지 마오!

오! 제발 당신을 위해 달아나시오! 어쩌면 당신은 나를

다른 모든 남자들과 같은 남자로, 똑똑한 존재로,

꿈꿔온 목표를 향해 달려가는 사람으로 여기는지도 모르겠소.

잘못 생각한 거요! 나는 꺼져가는 힘이오!

죽음의 불가사의에 눈멀고 귀먹은 존재!

어둠으로 만들어진 불행한 영혼!

나는 어디로 가는가? 모르겠소. 떼밀리는 느낌이오,

격렬한 숨결에, 부조리한 운명에.

나는 내려가고, 내려가오, 절대 멈추지 않고.

때때로 숨을 헐떡이며 용기 내어 고개를 돌려본다오.

어떤 목소리가 나에게 이렇게 말한다오. 걸어! 심연은 깊어서

불꽃과 피로 물든 바닥이 붉게 보이오!

에르나니는 홀로 걸어가야 한다, 홀로. 그는 '아난케'라고도 불리는 운명,《바다의 일꾼들》의 일러두기에 세 가지 형태로 등장하는 운명과 싸워야 한다. "종교, 사회, (그리고) 자연" 말이다. 위고에 따르면, 인간은 끊임없이 이 세 요소와 맞서 싸워야 한다. 바로 거기에 인간의 운명이, 잠재적인 패배나 승리가 존재한다.

위고의 작품 속에서 이 질문과 맞닥뜨린 또 다른 위대한 인물이 장 발장이다.《레 미제라블》의 유명한 장章인 '머릿속의 태풍'이 그에게 할애되었다. 우리는 그의 영혼을 발견하고, 그의 딜레마에 공감한다. 장 발장은 경찰을 피하기 위해 신분을 바꿨다. 그는 모두가 존경하는, 몽트뢰유쉬르메르의 시장 마들렌 씨가 되었다. 그런데 어느 날 샹마티외라는 불행한 남자가 그로 오인되어 그 대신 재판을 받고 도형장에 끌려갈 처지가 된다. 장 발장은 자신이 어떤 인간이 되고 싶은지 결정하지 않을 수 없다.

"그는 자기 삶에는 한 가지 목표가 있다고 스스로 선언했다. 무슨 목표인가? 이름을 감추는 것? 경찰을 속이는 것? 지금껏 그가 해온 모든 일이 그렇게 보잘것

없는 걸 위해서였단 말인가? 그에게는 다른 목표가 없었던가? 더 큰 진짜 목표가? 자신의 신분이 아니라 영혼을 구하는 것. 정직하고 선량한 사람이 되는 것. 정의로운 사람이 되는 것! 그가 늘 바랐던 건 바로 이것이 아니었던가 (…)?"

하룻밤을 뒤숭숭하게 보낸 뒤 장 발장은 결국 자수하러 가기로 마음먹는다. 그는 법정에 들어가 자신의 진짜 신분을 명명백백하게 밝힐 작정이다.

위고는 한 번도 의심을 품지 않았다. 인간은 나아질 수 있다. 미래가 하나의 약속이라는 걸 그는 알고 있었다. 그래서 일찍이 출판인 헤첼에게 이렇게 말한 적이 있다. "나는 미래에 대한 맹렬한 믿음이 있고, 내가 어떤 사람인지도 믿기 힘들 만큼 잘 알아요."

39

위고, 유감스럽게도!

그 시절 신문에 실린 빅토르 위고의 캐리커처들을 보면 재미있다. 그는 손에 거대한 펜을 들고 있다. 때로는 죄수의 모습으로 망치로 쇠사슬을 끊으려 한다. 나폴레옹 3세의 이마에 낙인을 찍기도 하고, 구름 위를 날아다니며 세상에 손을 얹거나 사람들에게 빛을 비추기도 한다.

이 캐리커처들은 그가 여론에서 차지한 위치와 독자들이 그에 대해 가졌던 이미지를 짐작하게 해준다. 생전에 위고는 지도자로, 천재로 대접받았다. 1885년 파리에서 그의 장례식이 거행되었을 때, 어마어마한 인파가 참석해 팡테옹까지 장례 행렬을 따라갔다. 그가 많은 사람의 삶에 얼마나 깊이 관여했는지 가늠된다.

위고는 사랑받은 만큼 질투도 많이 받았다. 특히 다

른 작가들이 질투했다. 그나마 호의적인 이들은 그를 정중히 제자리에 돌려놓으려 했다. 위고가 예술의 자유를 주장했을 때, 샤토브리앙은 아무리 그래도 지켜야 할 규칙이 있다고 충고했다. 라마르틴은 《아이슬란드의 한》을 읽고 나서 "색조를 좀 누그러뜨리라"고 조언했다. 여기까지는 그리 심각할 게 없다.

그러나 괴테의 반응을 보자. "나는 그가 부자가 되려 하고 시류를 좇아 월계관을 얻으려 애쓰는 죄를 저지른다고 생각하지는 않는다. 그러나 그가 지속적인 영광을 갈망한다면 글을 덜 쓰고 공부를 더 해야 할 것이다." 더 훗날 폴 발레리가 쓴 《나쁜 생각Mauvaises Pensées》을 보자. "위고는 백만장자다. 왕자가 아니다." 마지막으로 《늙은 정부Une vieille maîtresse》, 《악마 같은 여인들Diaboliques》의 저자인 바르베 도르빌리를 보자. 그는 위고를 비난하는 에세이를 쓰며 즐거워했다.

"위고의 첫째 능력은 지칠 줄 모른다는 것이다. 그는 시를 마치 기계처럼 쏟아낸다. 그러려고 만들어진 기계 같다. 거기엔 기계장치의 불가사의가 있을 뿐 지성은 무관하다. (…) 위고는 '나는 무엇도 멈춰 세우지 못하는 사람이다'라고 말했는데, 이 말은 사실이다!"

위고는 승패에 구애받지 않는 사람이다. 적의가 적든 많든 이런 공격은 그의 유쾌함을 훼손하지 못했다. 그도 바르베 도르빌리를 그리 좋게 평가하지 않아서 "바르베 도르 비에이"[28]라는 별명을 지어 불렀고, 동료 시인의 의견도 다음과 같이 빈정거리며 조롱했다.

"르콩트 드 릴Leconte de Lisle이 나에 관해 한 말을 전해 들었다. 그가 '빅토르는 히말라야처럼 바보 같다'고 말한 모양이다. 나는 그 말을 불쾌하게 여기지 않는다. 스스로 바보라는 걸 보여준 르콩드 드 릴을 나는 용서한다. 그는 부르봉 섬에서 태어나 자기 이름 '르콩트'에 '드릴Delisle'을 덧붙였다. '그렇게 드 무슈 드 릴이라는 거창한 이름을 갖게 되었다'…. 몰리에르가 예견했듯이."[29]

앙드레 지드의 의견에 대해서는 무슨 생각을 했을

---

28 Barbey d'or vieilli. '늙은 황금 바르베'라는 뜻이다.

29 '르콩트 드 릴'은 시인 샤를 마리 르네 르콩트 드 릴의 성姓이자 필명이다. 위고는 귀족 가문의 성 앞에 붙는 전치사 '드de'를 이미 포함하고 있는 성에 '드'를 한 번 더 붙이고(드 므슈 드 릴) 부르봉 왕가를 들먹이며 조롱하고 있다. 이 시인은 실제로는 레위니옹 섬에서 태어났다. 몰리에르를 언급한 것은 몰리에르가 《서민귀족》에서 귀족 흉내를 내는 인물을 풍자적으로 그려냈기 때문이다.

까? 지드는 "위고, 유감스럽게도!Hugo, hélas!"라고 말해
이 말에 관해 오랫동안 해명해야 했던 위고 비방자다.
이 말은 "프랑스에서 가장 위대한 시인이 누구냐"라는
질문에 지드가 한 대답이었다.

사실 위고는 사람들의 비판에 불쾌해하지 않았다.
일례로 그는 1855년 6월의 어느 아침 건지 섬에서 누
가 그의 집 현관문에 분필로 굵게 낙서를 해놓은 것을
보았다. "위고는 나쁜 인간이다." 그는 그 낙서를 "절
대로 지우지 말라"고 부탁했다.

40

밤에 맞서는 낮

《레 미제라블》의 중요한 한 페이지. 코제트는 깊은 밤에 손에 동이를 들고 숲속을 홀로 걸으며 정적과 고독에 질겁해 있다. 테나르디에 부부가 물을 길어오라고 보낸 것이다. 꼬마 여자아이는 너무 무서워서 용기를 내려고 머릿속으로 숫자를 헤아린다. 빅토르 위고는 이 장면에서 다음과 같이 말한다. "현기증 나는 어둠이다. 인간에겐 빛이 필요하다." 이 '빛'은 장 발장이라는 인물에게서 솟아 나온다. 그는 "코제트 뒤쪽에서왔는데, 아이는 그가 오는 소리를 듣지 못했다. 그 남자는 한마디 말도 없이 아이가 든 동이의 손잡이를 쥐었다. 인생의 모든 만남에는 직감이 있다. 아이는 무섭지 않았다." 그후로 코제트는 혼자인 적이 없다. 옛 도형수가 그녀를 구해준 것이다.

장 발장은 코제트의 빛이다. 미리엘 신부가 장 발장의 빛이었듯이. 소설 속 인물들은 어둠 속에 잠겨서도 "캄캄한 지평선"에서 언제나 빛을 찾아낸다. 소설가는 그들을 절대 포기하지 않는다.

위고 작품의 아름다움이 바로 여기에 있다. 인간이 다시 믿음을 가짐으로써 절망에서 빠져나오기 시작하는 중요한 순간에.

작가는 자기 주인공들의 첫째 모델이다. 그는 밤과 낮 사이에서 끊임없이 흔들렸고, 자신이 보지 못하는 것에 돌이킬 수 없을 만큼 끌렸으며, 믿기 힘든 생생한 도약 가운데 현실의 힘으로 돌아오곤 했는데, 언제나 끈기가 이겼다. 줄곧 빛을 내뿜는 "내면세계의 불가사의한 태양"―그가 시집 《모든 것Toute la lyre》에서 말한―의 끈기처럼.《관조》의 결말은 재탄생을 약속하는 이 메커니즘의 화려한 구체화를 담고 있다.

빛과 그림자라는 두 단어는 위고의 상상세계를 떠난 적이 없다. 심지어 그는 이 단어를 1840년에 출간된 시집의 제목으로 삼았고, 그 시집에서 '빛나는 이마'를 드러내며 독자들에게 이렇게 말했다.

오 세대들이여! 용기를 가져라!

마지 못해 온 듯한 그대들,

숲속 나무들 사이로

비바람 치는 소리와 함께

목적도 꿈도 없이 헤매는 회의적인 이들이여,

길의 어둠 속에서

손을 펴고 그대들 꿈의 형태를 본다고

믿는 이들이여!

모든 체계로부터 난파한

이 슬픈 승리의 물결에서

몸을 떨며 나오는 이들이여,

당신들은 당신의 마음을 구한 것뿐이다!

……

자신의 팔다리를 씻으려 싸우는 이들이여,

날이 밝기 전에 일어나라!

모든 것의 그림자 속에서 갈 길 잃은 눈으로

방에서 꿈꾸는 몽상가들이여,

당신들, 끈기 있는 인간들이여,

빅토르 위고와 함께하는 여름

언제나 행복을 원하는 이들이여,

희망을 아직 쥐고 있으라,

구세주의 그 옷자락을!

……

용기를 내라! 그림자와 거품 속에

곧 목표가 모습을 드러낼 테니!

안개 속에 묻힌 인류는

말[言]이 아니라 수수께끼로다!

숱한 밤과 폭풍이

그대들의 숙인 이마 위로 지나갔도다.

눈을 들어라! 고개를 들어라!

빛이 저 위에 있다! 걸어라!

물론 위고는 신의 은총으로, 신을 통해 미래를 구상한다. 그러나 신이 필요 없는 믿음이 있다. 바로《황혼의 노래들》도입부에 제시된 대단히 개인적인 확신, 이상하게도 우리 시대와 잘 공명하는 믿음이다.

"여기서 저자가 덧붙여야 할 마지막 말은, 기대와 변화에 맡겨진 이 시대에는 논쟁이 더없이 악착스럽고 단정적이며 극단에 다다른 탓에 오늘날엔 그렇다, 아니다의 두 마디 말 말고는 청취되거나 이해받거나 갈채 받는 경우가 거의 없는데, 그럼에도 그는 부인하는 쪽도 긍정하는 쪽도 아니라는 것이다. 그는 희망을 품는 이들에 속한다."

41

음악

빅토르 위고는 이탈리아 작곡가 팔레스트리나("하모니의 아버지")를 광적으로 좋아했고, 베토벤("무한을 듣는 귀머거리")을 천재의 반열로 추켜세웠다. 그렇다고 그가 음악애호가였던 것은 아니다. 연주라곤 딸 레오폴딘의 부추김을 받아 손가락 하나로 건반을 서툴게 두드려본 게 전부이고, 음악에 대한 열광을 표현한 적도 없었다. 그는 음악이라는 '미완의 예술'보다 시의 순수성을 더 좋아했고, 피아노라는 "나무 짐승"을 겁내어 모차르트의 〈레퀴엠〉의 아름다움에 감히 "주름진"이라는 형용사를 붙였다.

오랫동안 추정되어왔듯이 위고는 무관심하거나 거부감 때문이 아니라 그저 막연한 귀로 음악을 들었다. 큰딸 레오폴딘의 재능과 막내딸 아델의 즉흥연주를 높이 평가하면서. 그의 관심은 자신의 눈과 마음에 충실하게 다른 길—말과 이미지의 길—쪽으로 자연스레 향했다.

그렇지만 그는 《가을 낙엽》, 《황혼의 노래들》, 《내면의 목소리들》, 그리고 《빛과 그림자》에서 소리의 세계에 대해 여러 차례 언급한다. "울려 퍼지는 종소리"는 《파리의 노트르담》의 종소리와 마찬가지로 문학 작품 전체에서 "하모니의 연기처럼 (…)" 날아오른다. '파리 조감도'라는 장에서 작가가 소리의 울림을 옮겨 적으려고 얼마나 애쓰는지 관찰해보는 것도 매혹적이다.

"먼저 각 종소리의 진동이 순수하게, 다른 소리와 분리되어 곧장 눈부신 아침 하늘로 날아오른다. 그러나 종소리들은 차츰 커지면서 서로 녹아들고 뒤섞이며 지워지고, 멋진 콘서트로 혼합된다. 이제는 한 덩어리의 소리 진동이 되어 수없이 많은 종에서 나와 떠돌고 물결치고 튀어오르고 도시 위를 맴돌고, 진동의 먹먹한 원을 지평선 너머까지 이어간다. 그러나 이 하모니의 바다는 결코 혼돈이 아니다. 아무리 두텁고 깊어도 투명성을 조금도 잃지 않았다. (…) 거기서 캐스터네츠와 뒝벌의 날카롭다가 장중해지는 대화를 들을 수 있고, 이 종에서 저 종으로 옥타브를 뛰어넘는 걸 보기도 한다. (…) 낭랑하고 빠른 음표들이 번쩍하고 지그재그 세 개를 그리다가 번개처럼 사라진다. (…) 들어볼 만한 오페라다. (…) 그러니 이 종소리의 합주에 귀를 기울여보라. (…) 그리고 세상에서 이 소란스러운 종소리보다 더 풍성하고, 더 유쾌하고, 더 반짝이고, 더 눈부신 걸 안다면 말해보라. (…) 도시 전체가 하나의 오케스트라다. 폭풍의 소리를 내는 교향곡이다."

이 글에 깊이 감동한 엑토르 베를리오즈가 1831년 12월 위고에게 이런 눈부신 편지를 쓴다. "아! 선생은 천재이십니다. 강력한 존재요, 거장이십니다…. 다감하며 조화롭고, 화산 같고, 어루만지는 듯하다가 멸시하는 듯하기도 하시니…. 매의 눈을 가지셨겠지만 저는 선생을 마주 보고 이런 말씀을 드리고 싶습니다. 제가 파리에 체류할 때 한 시간이라도 선생과 마음을 터놓고 이야기를 나눌 수만 있다면 그 대가로 악마에게 영혼이라도 팔겠습니다." 위고가 이 청을 실제로 받아들였는지는 알 수 없다. 그러나 어쨌든 두 사람은 친구가 되었다.

절대적으로 '낭만주의자'요, 셰익스피어 애호가였던 〈환상교향곡〉의 작곡가는 위고의 《동방》과 《어느 사형수의 마지막 날》을 이미 읽은 상태였다—전기작가 아르노 라스테르Arnaud Laster의 말에 따르면, 《어느 사형수의 마지막 날》이 베를리오즈의 〈단두대로의 행진〉 4악장에 영감을 주었을 거라고 한다. 1833년 《루크레치아 보르자》를 무대에 올리려고 준비 중일 때 베를리오즈는 자신이 음악을 작곡하겠다고 청한다. 그러나 포르트 생마르탱 극장의 극장장은 베를리오즈보다 이탈리아 오페라의 최고 권위자 니콜로 피치니Niccolò Piccini의 손자인 알렉상드르 피치니Alexandre Piccinni를 선호한다. 몇 년 뒤, 베를리오즈는 《파리의 노트르담》을 위고가 직접 각색하고 루이즈 베르탱Louise Bertin이 음악을 붙인 〈라 에스메랄다〉의 연습을 지휘하도록 선택된다. 이 오페라는 실패했지만 베를리오즈는 작가의 지지를 얻는다. "야유하도록 생겨먹은 사람들이야 야유하게 내버려두고 용기를 가지시오, 선생. (…) 위대한 이들에게는 큰 장애물이 있는 법이오." 1840년대에 들어서 프랑스의 정치적 격변이 두 사람을 갈라놓는다—베를리오즈는 제2제정에 대한 지지를 감추지 않는다. 하지만 두 사람은 끝까지 예술의 자유라는 동일한 욕망에 따라 움직인다.

빅토르 위고와 음악 사이에 사랑이 있었을까? 어쩌면 그런지도 모른다. 반면 음악가들이 이 시인을 사랑하지 않은 적이 없다는 건 확실하다. 위고는 숱한 음악가들로부터 수시로 간청을 받았다. 그들은 그의 텍스트에 음악을 입히고 싶어 안달했다. 젊은 프란츠 리스트와 대단히 문학적이었던 샤를 구노가 그런 숭배자들의 선두에 섰다. 특히 구노는 두려움과 황홀감을 동시에 느끼며 위고의 '태풍'에 휩쓸리기를 꿈꿨다.

42

테오필 고티에

고티에는 열광하는 사람이었다. 그는 아름다움을 사랑하기 위해 태어났고, 오직 예술을 위해 살았다. 그는 자신의 소설 《모팽 양Mademoiselle de Maupin》의 서문에 "라파엘의 진품을 보기 위해서라면 나는 프랑스인으로서, 시민으로서 내 권리들을 기꺼이 포기할 것이다"라고 격렬한 어조로 쓴다. 그림과 글은 그가 가졌던 단두 가지 열정이었고, 이 열정이 그가 삶을 오롯이 향유하도록 이끈다.

고티에는 매우 어렸을 때 파리에 와서 라틴어를 공부하고, 호라티우스와 베르길리우스에 열광했다. 그리고 샤를마뉴 왕실 중학교에서 세 살 연상의 제라르 라브뤼니Gérard Labrunie를 만나 속내 이야기를 털어놓는 친구가 된다. 라브뤼니는 필명을 '네르발'이라고 지었고, 매일 주머니 속에 책을 잔뜩 넣고 거닐었으며, 종종 걸으면서 글을 쓰기도 했다. 그는 벌써 시집 한 권을 출간했고, 모든 작가 지망생이 만나기를 꿈꾸는 빅토르 위고를 알고 있었다.

청년 시절 고티에는 생탕투안 로에 있던 루이에두아르 리우의 아틀리에에서 화가 지망생으로서 그림을 그리며 위대한 문인들의 작품에 젖어 지냈다. 붓질을 하는 틈틈이 월터 스콧, 셰익스피어, 바이런 등 자신의 우상이 존경하는 작가들의 작품을 읽었다. 그는 불타는 듯한 머리로 바삐 손을 움직이며 《크롬웰》 서문을 믿고 오직 한 가지만 기다린다. 고전주의자들의 군림을 깨뜨리는 것, 혹은 그가 기가 막히게 표현했듯이 "가발 쓴 히드라를 무찌르는 것" 말이다. 네르발이 그를 개인적으로 스승에게 소개하기로 마음먹음으로써 그는 그럴 기회를 얻는다.

만남은 1829년 6월 27일, 장구종 로에 있던 시인의 집에서 이루어진다. 고티에는 네르발 그리고 또 한 명의 친구인 시인 페트뤼스 보렐Petrus Borel과 함께 위고의 집 계단을 오를 때 그를 엄습해오던 두려움을 기억

한다. "우리는 숨이 잘 안 쉬어졌어요. 목구멍 안에서 심장 뛰는 소리가 들렸고, 관자놀이에 식은땀이 흘렀지요. 문 앞에 도착해 초인종 줄을 당기려는 순간 미칠 듯한 두려움에 사로잡혀서, 우리는 돌아서서 계단을 네 칸씩 건너뛰어 내려왔어요 (…)." 곧 위고의 미소가 문틈 사이로 보였다. 젊은 고티에는 《낭만주의의 역사 Histoire du romantisme》라는 책에서 '전투'를 준비 중이던 스물여덟 살 작가의 매혹적인 초상을 그린다.

"빅토르 위고에게서 가장 눈길을 끄는 건 근엄하고 평온한 얼굴 위에 흰 대리석 박공처럼 얹혀 있는, 정말이지 기념비적인 이마였다. (…) 그는 아름다웠고, 초인적인 면모가 엿보였다. (…) 거기에는 강력한 힘의 징후가 있었다. 밝은 갈색 머리칼이 그의 얼굴을 에워싸고 조금 길게 늘어졌다. 그 밖에는 턱수염도 콧수염도 구레나룻도 없이 말끔하게 면도한 얼굴이 유난히 창백했고, 매의 눈동자를 닮은 맹수 같은 눈이 반짝였으며, 입가가 살짝 처지고 구불구불한 입술 선이 도드라지는, 단호하고 확고한 그림 같은 입이 미소 지으며 살짝 벌어질 때면 눈부시게 하얀 치아가 드러났다."

들끓는 낭만주의의 격동에 합류하도록 작은 무리에 끼게 된 고티에는 "이상, 시, 예술의 자유를 위해 요즘 보기 드문 열정과 용기와 헌신을 다해 싸우는 그 젊은 무리"에 가담하게 된 자신의 행운을 헤아려본다. 이 생각의 시초는 1830년 2월 25일 문제의 〈에르나니〉 공연 때 테아트르 프랑세에서 처음 발현된다. 이 빛나던 시절의 달뜬 증인인 고티에는 그 중요한 순간을 누구보다 잘 묘사하고 있다. 저마다 주머니에 **이에로**hierro라고 적힌 빨간 사각 종이 뭉치를 넣고 전투에 돌입하던 순간이었다. '쇠'를 뜻하는 이 에스파냐어는 "검劍처럼 솔직하고, 용감하고 충직"해야 한다는 좌우명을 의미했다.

결심이 섰다. 고티에는 펜을 들고 다시는 놓지 않기로 마음먹는다. 위고의 물결에 실려, 시에 강렬한 열정을 쏟아, 그는 1830년 7월 28일에 첫 시집을 출간한다. 혁명이 한창이던 때 나온 이 책은 불행히도 주목받지 못한다. 하지만 그는 좌절하기는커녕 발자크 그리고 편집자 에밀 드 지라르댕과 조금씩 가까워졌고, 그들은 그에게 〈라 프레스La Presse〉, 〈르 모니퇴르 위니베르

셸Le Moniteur universel〉, 〈주르날 오피시엘Journal officiel〉
등 저널리즘의 문을 열어준다. 많은 잡지들도 연극이
나 그림에 대한 그의 비평을 환영한다. 한때 그는 〈아
르티스트L'Artiste〉의 편집장까지 지냈다.

고티에는 기자로서 3000편 정도의 기사를 쓰지만
아직 문학을 포기하지 않았다. 1850년대부터는 보들
레르와 가까이 지내면서 "프랑스 문학의 완벽한 마법
사"로 불렸으며, 보들레르로부터 《악의 꽃Les Fleurs du
Mal》을 헌정받았다. 말 그대로 마법이 그를 환상적인
재능으로 인도했다. 그가 쓴 《미라 이야기Le Roman de la
Momie》(1858)는 망토와 검의 이야기 《대장 프라카스Le
Capitaine Fracasse》(1863)와 마찬가지로 오늘날 그의 작품
중 가장 탁월한 것으로 꼽힌다.

위고가 건지 섬에 있는 동안 고티에는 파리의 예술
칼럼니스트로서 1855년 4월 어느 날 황제를 지지하는
잡지에 극작품 연재물을 한 편 쓴다. 적의 진영으로 기
울어진 이 행위가 망명 중이었던 위고의 마음에 들지
않았고, 위고는 《관조》에 고티에의 이름을 언급하지 않
는 것으로 그를 벌하기로 마음먹었다—전기작가 장마

르크 오바스에 따르면 아무 "말없이." 한편 고티에는 위고의 시에 대해서는 계속 찬사를 이어가면서도 이상하게 《레 미제라블》의 출간에 대해서는 침묵한다. 오히려 오랜 친구의 작업물을 시기하는 플로베르 편에 선다.

이후 위고는 앙심을 보이기는커녕 출판사에 말해 《레 미제라블》의 성공을 축하하기 위해 마련한 브뤼셀 파티에 고티에를 초대하게 한다. 고티에가 참석하지 않자, 위고는 자기 판화집의 서문을 써달라고 다시 한번 그에게 청한다. 이번에 고티에는 서둘러 서문을 쓰지만, 망명 이전의 위고에만 경의를 표하고, 여전히 계속되고 있는 그의 저항에 대해서는 아무 언급도 하지 않는다. 1862년 위고는 고티에에게 이렇게 쓴다. "친애하는 테오필, 고맙네. 자네는 젊음의 기쁨을 나에게 안겨 주었네. 좋았던 젊은 시절로 돌아간 기분이었네." 10년 뒤 고티에의 장례식 날, 위고는 친구로서 추도사를 낭독한다.

43

외젠 들라크루아

"회화계의 빅토르 위고." 이것은 M. 로랑이라는 사람—도서관 사서—이 들라크루아에 대해 한 열광 어린 표현이었다. 그는 이 말이 찬사로 들릴 거라 생각했다. 그러나 화가는 즉각 응수했다. "선생, 나는 순수한 고전주의자요." 이렇게 장중한 태도로 응수하며 그는 낭만주의와의 모든 얽힘을, 그 유명한 문학계의 지배자와의 모든 관계를 부인한다. 단순한 재담이었을까 아니면 예술가의 변덕이었을까? 이 선언은 같은 파에 속하는 것으로 알려진 두 사람의 복잡미묘한 관계를 드러내준다.

외젠 들라크루아는 1826년 당시 수도 파리를 열광에 빠뜨리고 있던 세나클 모임에서 빅토르 위고를 만난다. 화가는 이미 파리 예술 무대에 등장해 주목받고 있었다. 유명한 피에르나르시스 게랭의 화실에서 배운 그는 루벤스를 숭배하고, 존 컨스터블을 공부하고, 테오도르 제리코를 가까운 친구로 꼽았다—제리코는 그에게 〈메두사 호의 뗏목Le Radeau de la Méduse〉에 모델이 되어달라고 부탁했다. 그는 학문적인 법칙들로부터 해방을 꾀하고, 예기치 않은 것, 탐험되지 않은 것을 추구한다는 점에서 명백히 낭만주의자였다. 그가 〈키오스 섬의 학살Scènes des massacres de Scio〉로 물의를 일으킨 지 2년이 되었다. 비평계는 모독이라고 외쳤고, 그는 자기 그림의 "활발한 움직임"에 기뻐한다. 그는 이 시절의 일기에 "나는 이성적인 그림을 전혀 좋아하지 않는다"라고 쓴다. 평생 간직해온 좌우명처럼. 그리고 위고는 어느 날 출판인 헤첼에게 자신의 시는 "절제 있지" 않다고 설명하며 거의 동일한 의지를 표명한다. 그러니까 두 사람 모두 거창한 야심을 품고 있었다. 사람들을 일깨워 삶을, 진짜 삶을 **보고 듣게** 해주려는 야심 말이다.

1827년은 그들의 해였다. 위고는 큰 반향을 가져온 서문을 실은 《크롬웰》을 출간했다. 들라크루아는 〈사르다나팔로스의 죽음La Mort de Sardanapale〉을 전시했는데, 그 대담성이 엄청난 파문을 불러온다. 아시리아의 전설적인 군주 사르다나팔로스는 왕국이 포위되자 노예들에게 모든 신하를 죽이라는 명령을 내린다. 붉은 실크가 깔린 '화려한' 침대에 길게 누운 채 그는 육신과 강렬한 색채가 어우러진 무질서 가운데 자행되는 학살을 지켜본다. 자유는 문학과 그림에서 제 옹호자들을 찾은 듯 보였고, 위고는 동료가 그린 화폭의 광채를 알아본다. "장엄하고 참으로 거대해서 편협한 눈에는 보이지 않을" 거라고 그는 친구 빅토르 파비에게 쓴 편지에 털어놓는다.

외관상 동일한 이상을 좇은 듯 보이는 두 사람은 셰익스피어와 연극에도 공통된 열정을 품었다. 게다가 들라크루아는 1828년 오데옹 극장에서 공연된 〈에이미 롭사트Amy Robsart〉의 무대의상을 그렸고, 한 편지에서 그의 "친애하는 친구"이자 작품의 저자인 빅토르 위고에 대해 말했다. 그러나 무엇보다 두 사람을 가까이 묶은 것은 모든 예술적 꿈의 공간인 동양이다. 1830년 봉기의 여명기에 위고는 시집 《동방》을 출간한다.

이 시집의 서문은 예술의 자유를 주창하는 또 한 번의 선언문으로, 그 먼 땅의 비옥함을 부각한다. 그곳은 "(시인이) 오래전부터 목을 축이길 갈망해온 샘"이다. 3년 뒤 들라크루아는 모르네 백작이 이끄는 프랑스 사절단을 따라 모로코로 떠난다. "거리마다 (…) 내달리는 생생하고 숭고한 빛, 그 사실성으로 당신을 살해하는" 메크네스[30]의 빛에 충격받은 화가는 그후 알제리로, 그리고 바이런의 발자취를 따라 에스파냐 남부로 간다. 통과의례 같은 이 여행은 예술의 새 장을 시도하도록 그를 인도한다. 소위 '동양풍'이던 그의 그림들은 동물의 야생성과 여성의 관능성에 자리를 내준다. 부드럽고 나른한 〈알제의 여인들Femmes d'Alger dans leur appartement〉에 훗날 세잔과 르누아르는 열광하지만 빅토르 위고는 탐탁지 않게 여긴다. 두 사람은 현실에 대해 동일한 관계를 공유하지 않는 것처럼 보인다. 그후 현실을 예술로 표현하는 방식이 두 사람을 근본적으로 갈라놓은 듯하다.

---

30 모로코 북부의 도시.

"크고 단순한 진실들은 사람들의 정신을 강타하기 위해 진실과 단순성에 결코 가까이 다가본 적 없는 위고의 문제를 빌릴 필요가 없다." 이 공격적인 글은 1849년 4월 5일 들라크루아의 이름으로 〈주르날Journal〉에 실렸다. 보들레르는 이미 3년 전 《1846년 살롱Salon de 1846》에서 두 사람의 **낭만주의**의 중대한 차이를 강조한 바 있다. "빅토르 위고 씨는 (…) 창조적이라기보다 능수능란한 노동자이고", 반면 "들라크루아는 때로 서툴지만 본질적으로 창조자다." 한쪽엔 현실의 탁월한 기술자의 "차가움"이 있고, 다른 쪽엔 상상 쪽으로 돌아선 정신의 "불손"이 있다. 그는 이렇게 결론 짓는다. "(빅토르 위고와 외젠 들라크루아를) 나란히 놓고 비교하는 건 의례적인 생각들로 이루어진 통상적인 영역에 머무는 일이며, 그 (…) 선입견들이 나약한 머리들을 여전히 채우고 있다."

《악의 꽃》의 저자의 혹독한 비판은 우리가 보기에는 두 예술가를 이어주는 명백한 관계를 조금은 성급하게 쓸어버리는 느낌이다. 들라크루아의 가장 위대한 작품 (〈민중을 이끄는 자유의 여신La Liberté guidant le peuple〉)은 빅토르 위고의 작품 《레 미제라블》 한가운데에 닻을 내리고 있지 않은가? 실제로 두 작품 모두 민중을 찬양하고 있다. 그림을 보며 동시에 소설을 읽어보면 당혹스럽기 그지없다. 총을 들고 흔드는 파리의 꼬마(들라크루아의 그림 오른편에 보이는)와 빅토르 위고의 가브로슈 사이의 명백한 유사성도 그렇고, 1832년 파리 봉기에 대한 소설가의 묘사는 화가가 본 1830년 바리케이드의 문학적 번역처럼 보일 정도다.

"그 군대보다 이상하고 잡다한 것이 없었다. 어떤 이는 초록색 옷에 기병대 검을 차고 안장에 꽂아두는 권총 두 개를 들었고, 또 어떤 이는 둥근 모자에 셔츠 바람으로 옆구리에 화약통을 찼고, 세 번째 사람은 희끄무레한 종이 아홉 장을 가슴받이로 삼고 마구馬具용 송곳을 무기로 들었다. 고함을 지르는 자도 있었고, (…) 총마다 부대 번호가 새겨져 있었으며, 모자는 거의 쓰지 않았고, 넥타이도 거의 없었고, 대개는 맨팔이었으며, 가끔 창槍도 보였다. 이 모든 것에 모든 나이를, 모든 얼굴들을 더해보라. (…) 모두가 서두르고 있었다. (…) 형제들 같았지만, 그들은 서로의 이름조차 알지 못했다. 큰 위험에는 낯선 이들 사이의 우애를 드러내주는 아름다움이 있다."

위고와 들라크루아는 예술의 '형제'는 아니었을지라도 어쩌면 성격으로는 형제였는지 모른다. 들라크루아는 줄곧 그를 향해 쏟아지는 공격과 검열에 반응하며 "자기 자신이 되는 용기를 내려면 크나큰 무모함이 필요하다"라고 썼다. 위고도 결코 반박하지 않았을 말이다.

　　　　　　　　　　빅토르 위고와 함께하는 여름

참고문헌

빅토르 위고의 작품

소설

《뷔자르갈》

《아이슬란드의 한》

《어느 사형수의 마지막 날》

《파리의 노트르담》

《클로드 괴》

《레 미제라블》

《바다의 일꾼들》

《웃는 남자》

《93년》

극작품

《이르타멘》

《크롬웰》

《에르나니》

《마리옹 드 로름》

《왕은 즐긴다》
《루크레치아 보르자》
《메리 튜더》
《뤼 블라스》
《성주들》

시집
《오드와 발라드》
《동방》
《가을 낙엽》
《황혼의 노래들》
《내면의 목소리들》
《빛과 그림자》
《징벌》
《관조》
《끔찍한 해》
《할아버지가 되는 법》
《여러 세기의 전설》
《궁극의 연민》
《정신의 네 바람》
《사탄의 종말》
《모든 것》(사후 출간)

에세이, 정치풍자문
《라인 강》

빅토르 위고와 함께하는 여름

《꼬마 나폴레옹》

《윌리엄 셰익스피어》

《문학과 철학의 혼재》

《행동과 말》

《어느 범죄 이야기》

《영불 해협의 군도》

《예지몽》

《탁자에 관한 책》(사후 출간)

사적인 저작

《목격담. 추억, 일기, 노트, 1830~1885》, 갈리마르, '카르토', 2002.

《내 삶의 추신》, 이드 에 칼랑드, 뇌샤텔, 사블리에 총서, 1961.

《평생의 증인이 이야기하는 빅토르 위고, 청년기의 작품들》.

빅토르 위고, 《약혼녀에게 보낸 편지》.

빅토르 위고에 관한 책

빅토르 위고 전기

피에르 브뤼넬, 《빅토르 위고 씨》, 뷔베르, 1998.

레몽 에숄리에, 《직접 본 사람들이 이야기하는 빅토르 위고. 추억, 편지, 자료》, 스톡, 1931.

소피 그로시오르, 《빅토르 위고: 한 사람이라도 남는다면…》 갈리 마르/파리 뮈제, 1998.

장마르크 오바스, 《빅토르 위고 1권, 망명 이전, 1802~1851》, 파야르, 2001.

장마르크 오바스, 《빅토르 위고 2권, 망명기 1, 1851~1864》, 파야
르, 2008.

아르노 라스테르, 《빅토르 위고》, 벨퐁, 1984.

앙드레 모루아, 《올랭피오 혹은 빅토르 위고의 삶》, 아셰트, 1985.

그의 지인들에 관한 책들

플로랑스 콜롱바니, 《"더는 너와 멀리 떨어져 지낼 수가 없구나…"
레오폴딘 위고와 아버지》, 그라세, 2010.

앙리 구르댕, 《아델, 빅토르 위고의 다른 딸》, 람세, 2005.

앙리 기유맹, 《운명에 잡아먹힌, 빅토르 위고의 딸 아델》, 쇠이유,
1985.

알빈 노바리노, 《빅토르 위고와 쥘리에트 드루에: 천재의 그늘 아
래》, 아크로폴, 2001.

연구서

루이 아라공, 《빅토르 위고를 읽었나요?》, 탕 악튀엘/메시도르,
1985.

미셸 드 데케르, 《위고, 저 귀부인들에게는 빅토르》, 벨퐁, 2002.

피에르 조르젤, 《빅토르 위고, 그림》, 특별판, 데쿠베르트 갈리마
르/세랭-CNDP, 2002.

에마뉘엘 고도, 《빅토르 위고와 신: 한 영혼의 참고문헌》, 세르,
2001.

앙리 기유맹, 《위고와 성性》, 갈리마르, 1954.

소피 그로시오르, 《빅토르 위고, 단 한 사람이라도 남는다면》, 갈리

마르, 보 리브르 포슈, 1998.

아니 르 브룅, 《검정의 무지갯빛: 빅토르 위고》, 갈리마르, ‘아르 & 아르티스트,’ 2012.

에밀 뫼리스, 《빅토르 위고: 그의 가족의 천재성과 광기》, ‘왜 정신을 잃을까?’, 아카데미아-라르마탕, 2014.

필리프 반 티그헴, 《빅토르 위고, 한계 없는 천재. 그의 삶과 작품에 관한 사전》, 라루스, 1985.

미셸 비녹, 《정치 투우장에 들어선 빅토르 위고》, 바야르 죄네스, 2005.

그 밖의 작품들

외젠 들라크루아, 《일기》, 플롱, 1999.

테오필 고티에, 《낭만주의의 기억들》, 쇠이유, 에콜 데 레트르, 1996.

《연설하는 위고》, 갈리마르, 폴리오플뤼스 클라시크, 2015.

쥐디트 페리뇽, 《빅토르 위고, 방금 죽다》, 리코노클라스트, 2015.

위대함을 만나는 일

1862년 5월 15일, 아침 6시 반부터 파리의 오데옹 극장 근처가 엄청나게 북적였다. 이륜마차, 이륜 짐수레, 외발 손수레를 끌고 온 사람들이 파네르 출판사의 작은 매장 앞에 줄을 서 있었다. 길이 막혀 옴짝달싹할 수도 없는 지경이었다. 무슨 소요라도 일어난 줄 알고 경찰관 두 명이 급히 출동했다. 소란의 이유는 무엇이었을까?《레 미제라블》제2권이 출간된 것이다. 3월 말에 나온 제1권은 10만 부가 팔렸다(당시로는 엄청난 판매량이었다). 1권을 읽은 사람들은 모두가 장 발장과 코제트와 자베르의 이야기가 어떻게 흘러갈지 어서 빨리 알고 싶어 안달이 났다. 출판사에서는 이날 온종일 책을 받아가려는 책방주인들에게 책 꾸러미를 넘기느라 경찰관들의 도움까지 받아야만 했다. 재고는 금세 바닥이 났고, 일주일 뒤에는 벌써 5쇄를 인쇄했다. 책은 고급 판본에 가격도 비싸서 일반 대중은 몇 사람이 돈을 모아 사서 읽고 제비를 뽑아 최종 소유자를 정했다고 한다.

위에 묘사된 풍경을 읽자니 어릴 적에 '장 발장'이라는 제목으로 출간된 《레 미제라블》을 몇 번이나 읽으며 마음 졸이고 눈물 흘렸던 기억이 떠오르고, 제2권을 기다려야 했던 150년 전의 독자들이 얼마나 마음을 태웠을지 짐작이 간다.

프랑스의 19세기를 이야기하려면 빅토르 위고를 피해갈 수 없다. 1802년에 태어나 1885년에 사망한 그는 시인으로, 극작가로, 소설가로 각 장르에서 길이 기억될 작품들을 남겼고, 개인으로 또 정치인으로 중대한 시기마다 목소리를 내고 행동으로 앞장섬으로써 역사에 깊은 발자취를 남겼다. 그의 삶을 좇아보면 한 사람이 걸어온 길이라고 보기 힘들 만큼 파란만장하고 열정적이며 풍성해서, 글을 통해 읽기만 해도 숨이 가쁠 정도다. 그런데 얼핏 변화무쌍한 듯 보이는 그의 삶과

대양처럼 방대한 그의 작품을 관통하는 목소리는 크게
하나다. 인간들, 특히 "레 미제라블", 가장 가난한 사람
들, 비참한 처지에 놓인 사람들, 억압당하는 사람들, 힘
없는 사람들, 절망한 사람들을 대변하는 목소리다. 시
인은 스무 살에 낸 첫 시집에서부터 "빛처럼 민중 앞에
서 걸으며 그들에게 길을 보여주어야 한다"고 말했고,
그의 이러한 신념은 세월이 흐를수록 더 굳건해졌다.
《파리의 노트르담》의 카지모도,《클로드 괴》의 클로드
괴,《레 미제라블》의 장발장과 코제트와 팡틴, 그 밖의
수많은 얼굴들,《웃는 남자》의 그윈플렌,《뤼 블라스》
의 뤼 블라스,《왕은 즐긴다》의 광대 트리불레 등, 모두
굶주리고 핍박받고 조롱당하고 고통받는 민중의 초상
이다.《웃는 남자》의 화자가 내뱉은 외침("나는 민중의 말
이 될 것이다")은 곧 저자의 외침이다. 작품 바깥 삶에서
도 위고는 약자들을 위해 거침없이 행동한다. 거리에
서 이유 없이 남자에게 얻어맞는 매춘부를 위해 직접
증언도 하고, 여성의 권리를 주장하는 여성들을 지지
하는가 하면, 에스파냐 총독의 탄압에 항거하는 쿠바
여성들에게도 지지를 보낸다. 귀족원 의원이고 국회의

원이었던 그는 강자로서 약자들의 편에 서서 외쳤다. "불행한 이들은 언제나 있겠지만 가난한 이들은 없게 할 수 있습니다!" 그는 늘 불의에 분개했고, 억압에 저항했고, 사회의 그늘을 비추었다. 그리고 인류가 나아질 수 있으리라고 굳게 믿었고, 그 어떤 비난에도 꺾이지 않았다.

1870년 9월 4일, 프로이센과 전쟁 중인 프랑스 군대가 세당에서 패하면서 제국은 몰락했고, 파리에서 다시 공화정이 선포되었다. 9월 5일, 파리의 북역이 북적였다. 빅토르 위고가 돌아온 것이다. 기차에서 내린 위고를 측근들이 근처 카페 2층 창가로 이끌었다. 그를 보러 나온 사람들에게 무언가 말해주길 기대하고서. 위고는 한 손을 들어 올리더니 입을 열었다. "시민들이여… 시민들이여… 저는 프랑스에 공화정이 다시 세워지는 날 돌아오겠다고 말했습니다. 여기 제가 왔습니다." 환호성이 터져 나왔다. "빅토르 위고 만세! 공화정 만세!" 이날 파리엔 아무도 호출하지 않은 엄청난 인파가 거리로 나와 파리로 귀환한 자유를 환영했다. 황제와 맞서 19년 동안 망명 생활을 한 빅토르 위고는 자유와 저항을 상징하는 얼굴이 되었다. 민중의 영웅, 민중의 작가가 된 위고는 세상을 떠날 때도 무덤까지 "가난한 이들의 영구차에 실려 가길" 바랐다.

그러므로 빅토르 위고를 읽는다는 건 민중을 만나는 일이고, 오늘날엔 거의 잊힌 장엄함, 위대함, 숭고함을 맛보는 일이다. 정의감을 망각에서 끌어내는 일이다. 위고는 《레 미제라블》 초판 서문에서 "이 땅에 무지와 가난이 있는 한 이 책은 무용해질 수 없을 것이다"라고 말했다. 이 작품은 무용해지기는커녕 오늘날도 세계 곳곳에서 변함없이 사랑받고 있다. 가난이 이 땅에서 사라지기는 참으로 힘들어 보이니, 위고의 작품은 앞으로도 오랫동안 빛바래지 않을 것이다. 그러고 보면 위고는 단지 19세기의 작가가 아니라 모든 세기의 작가라고 부를 만하다.

《빅토르 위고와 함께하는 여름》은 무겁지 않은 책이지만 내용은 풍성하고 깊다. 빅토르 위고라는 거대한 산을 구석구석 안내하고 오솔길까지 비춰 보여준다. 작가의 주요 작품들은 물론이고 덜 알려진 작품들도 조명하고, 작가의 신념과 가치관, 미학과 관심사를 밝혀주고, 인간 위고를 보여주는 다양한 일화도 들려준다. 이 책을 읽으면 작가 빅토르 위고가 얼마나 위대한 작가이고 대단한 인물인지 새삼 느끼게 된다. 작가는 "그대가 누구든, 책을 읽으며 생각에 잠기는 이라면 그대에게 내 작품을 헌정한다"고 말했지만, 그의 작품을 읽고 혹은 그의 삶을 읽고 생각에 잠기지 않기란 어렵다. 저절로 나의 삶을 성찰하게 되고, 나의 이웃을 돌아보게 된다. 막연히 위대해지고 싶은 마음마저 든다. 이런 작가와 여름 한철을 기꺼이 함께하고 싶지 않은가?

2021년 6월

백선희

빅토르 위고와 함께하는 여름

첫판 1쇄 펴낸날 2021년 7월 6일

지은이 | 로라 엘 마키·기욤 갈리엔
옮긴이 | 백선희
펴낸이 | 박남주

종이 | 화인페이퍼
인쇄·제본 | 한영문화사

펴낸곳 | (주)뮤진트리
출판등록 | 2007년 11월 28일 제2015-000059호
주소 | 서울시 마포구 토정로 135 (상수동) M빌딩
전화 | (02)2676-7117 팩스 | (02)2676-5261
전자우편 | geist6@hanmail.net
홈페이지 | www.mujintree.com

ⓒ 뮤진트리, 2021

ISBN 979-11-6111-072-1 04860
      979-11-6111-071-4 04860(set)

• 책값은 뒤표지에 있습니다.